校园故事会

回味一生
的 历史故事

胡罡 主编

黄河出版传媒集团
阳光出版社

图书在版编目（CIP）数据

回味一生的历史故事 / 胡罡主编 .—— 银川：阳光
出版社 ,2016.6
　（校园故事会）
　ISBN 978-7-5525-2668-4

Ⅰ.①回… Ⅱ.①胡… Ⅲ.①历史故事 – 作品集 – 中国
Ⅳ.① I247.8

中国版本图书馆 CIP 数据核字 (2016) 第 143375 号

校园故事会　回味一生的历史故事　　　　胡罡　主编

责任编辑　徐文佳
封面设计　华文书海
责任印制　岳建宁

黄河出版传媒集团
阳光出版社　出版发行

出　版　人　王杨宝
地　　　址　宁夏银川市北京东路139号出版大厦（750001）
网　　　址　http：//www.yrpubm.com
网上书店　http：//www.hh-book.com
电子信箱　yangguang@yrpubm.com
邮购电话　0951-5047283
经　　　销　全国新华书店
印刷装订　三河市京兰印务有限公司
印刷委托书号　（宁）0001540

开　　本　710mm×1000mm　1/16
印　　张　7.75
字　　数　96千字
版　　次　2016年9月第1版
印　　次　2016年9月第1次印刷
书　　号　ISBN 978-7-5525-2668-4/I·704
定　　价　16.80元

前　言

　　我们在故事的摇篮里长大,故事就像一个最最忠实的好朋友,时时刻刻陪伴在我们身边。它把勇敢和智慧传递给我们,也把快乐、爱与美注入我们的心田。

　　《校园故事会》系列所选用的故事内容丰富、主人公形象生动活泼,而其寓意也非常深刻,会让你在愉快的阅读中了解到什么是美,什么是丑,什么是善,什么是恶,什么是直,什么是曲。我们相信,这些故事一定会使广大学生受益匪浅。真诚地希望本系列丛书能成为家长教育孩子的好助手,学生成长的好伙伴!

　　本系列丛书内容包括亲情、哲理、处世、智慧等故事,会使你在阅读中收获真知与感动,在品味中得到启迪与智慧。可以说,它们是父母送给孩子的心灵鸡汤,自己送给自己的最好礼物,同学送给同学的智慧锦囊,老师送给学生的精神读本。

　　总而言之,这是一套值得您精读,值得您收藏,更值得您向他人推荐的好书。因为课本上的道理是一条条教给您的,而这套书中的“故事”所蕴含的大道理、大智慧是要您自己揣摩的。

　　本系列图书在编写过程中不免会有瑕疵,望广大读者批评指正,我们会虚心改正。

编　者

目　录

马蹄窝

黄河是我国的一条大河,黄河边有个地方叫三门峡。在三门峡南边的鬼门岛上,有两个马蹄形的圆坑。相传是当年大禹治水时,他所骑的那匹马留下的。

传说,很古很古的时候常常发大水,洪水淹没田地和房屋,有个叫大禹的人,带头出来治水。有一天,大禹沿着黄河边来到三门峡。他看见这儿岩石重叠,阻塞了河水东流,他便决定要在这儿劈开石岛,将河水引入大海。他骑着一匹高头大马,想要到南岸去探测峡谷里岩石堵塞的情况。这时,突然狂风大作,峡谷里飞沙走石,分不清东西南北。那马回头咴咴大叫三声,大禹知道事情不妙,便拨转马头,飞也似的跑出了峡谷,进入山洼,躲过了一场风险。

大禹治水心切,两次过河都被风沙吹得迷失去路。第三次,他又骑着那匹高头大马准备过河,谁知这匹马刚把前蹄踏在"狮子头"的岩石上,却又停蹄不往前走了。大禹一看,脚下全是巨浪狂流,截断了去路。他本想拨转马头,另寻过河的渡口,但三门峡这一带全是陡壁悬崖,山上根本没有道路可走,大禹是一个有勇气、有胆量的人,这时,他紧抓马缰,叫了一声:"好马,跳过河去吧!"只见他一扬鞭,那马也好像懂得主人的心思,用尽全身力气,"呼"地一下从地上跃起,正要跨过天险的三门峡，谁知马的两只前蹄刚跨在鬼门岛上，铁蹄便在陡峭坚硬的岩石上一滑溜，猛地卧下了。可这匹马力气大，它又向南岸猛一纵身，只听"飕"的一声，便驮着大禹跳过河去。

现在南岸的岩坡上，还留有一个长长的印坑，与北岸的一对马蹄印遥遥相对，据说，这就是那匹大马的脖子在卧坡时留下的痕迹。

名人档案

大禹，姓姒，亦称大禹、夏禹，是上古治水英雄。他离家13年，"三过家门而不入"和吃苦耐劳、克己奉公的忘我精神被传为千古佳话，成为中华民族精神的重要组成部分。

孔子教学生

古时候，中国有位很有学问的人，大家称他孔子。孔子一生教过3000多学生，有些人还很有名呢。

有一天，孔子带着几个学生乘着牛车出去游玩。孔子捋着长胡须，对学生们说："有些人生下来就懂得知识，明白事理。"

孔子正说着，忽然前面传来一阵哗啦啦的响声。孔子说："山那边在下大雨了！"

有个学生跳下车，侧过耳朵听了听，说："这是山那边海浪扑打岩石的声音，不是下大雨。"

孔子听说山那边是大海。高兴地说："我从没见过大海，走，爬上山顶看看去！"

学生们搀着孔子，登上了山顶。孔子看着无边无际的大海，真高兴啊。不一会，他口渴了，就叫一个学生到海边舀点水给他解渴。这个学生刚要下山，一个打鱼的孩子从这儿走过，他将一壶水递给孔子，说："海水又苦又咸，怎么能喝呢！请喝我的井水吧！"

孔子仰起脖子，咕嘟咕嘟地喝水。打鱼的孩子指着他，对孔子的学生们小声地说："这老头是个书呆子，连海水是咸的都不懂！"

孔子的学生们说："别无礼，他是最有学问的人！他什么都懂！"

打鱼的孩子说:"他最有学问?他样样都懂?他会打鱼吗?"说罢,这孩子奔下山,驾起小渔船,"嗖"的撒下渔网,不一会,拉上一网鱼来。

打鱼孩子的话,孔子都听到了。他面对大海,诚恳地说:"我刚刚说有人生下来就懂得知识,这话不对。千万别不懂装懂啊!"

学生们听了,都连连点头。

名人档案

孔子(公元前551年—前479年),名丘,字仲尼,鲁国人。中国春秋末期伟大的思想家和教育家,儒家学派的创始人。

越王卧薪尝胆

春秋末期，吴王夫差率领大军攻破越国的都城。越王勾践成了俘虏，被派在宫中养马。一次，夫差生病，勾践殷勤服侍。夫差见他如此忠诚，便将他放回越国。

勾践饱尝了亡国的耻辱，被释放回国后，决心报仇雪耻。为了磨练自己的意志，他不睡舒服的床铺，每晚都睡在柴草堆上。他还在屋里吊着一只苦胆，每日三餐吃饭之前总要尝尝胆的苦味，问问自己："勾践，你忘了战败的耻辱了吗？"

勾践亲自下地扶犁耕田，勾践夫人也亲自纺纱织布，与老百姓同甘共苦。越国君臣百姓上下一心，同仇敌忾，发愤图强，战败后的越国一天天强大起来。

后来，吴王夫差出兵攻齐，国内怨声载道。勾践认为时机已到，亲率大军，分水陆两路进攻吴国。越军一举攻下吴都姑苏，烧毁了姑苏台。夫差派人求和，勾践估计自己的兵力还不能彻底消灭吴国，便答应议和，胜利而归。

四年后，勾践再次出兵，以雷霆万钧之势歼灭了吴国军队，夫差见求和无望，只好拔剑自杀了。

勾践灭掉吴国，挥师北上，与天下诸侯会于徐州（今山东，滕县

5

回味一生的历史故事

南），成为春秋末期的霸主。

名人档案

勾践，生年不详，卒于公元前 465 年，又称菼执，越国国君，越王允常之子，春秋时期最后一个霸主。著名的政治家和军事家。

唇亡齿寒

春秋时候，晋国要发兵攻打虢国。可晋虢两国中间隔着个虞国，晋军不经过虞国，就无法进攻虢国，为这事儿，晋献公正在犯愁呢。

大臣荀息献计说："只要大王舍得你最心爱的名马、宝玉，小臣愿到虞国走一遭，保准能向虞国借路过境。"一听说要这两件心爱之物，晋献公有些犹豫。荀息又低声讲了几句，晋献公乐得眉开眼笑，连声叫道："好，好，妙计！"

果然，虞公一见荀息献上的名马、宝玉，眼睛喜得眯成一条线，听到晋军要借路过境的事，连声说："好商议，好商议。"虞国大臣宫之奇是个有见识的人，他上前劝阻说："虞虢两国，唇齿相依。虢国一亡，唇亡齿寒，虞国也就保不住了，万万不能借路！"可又贪又蠢的虞公被名马、宝玉迷住了心窍，宫之奇的话哪里听得进去，竟答应让晋军借道攻打虢国。宫之奇长叹一声，连夜带领全家人逃走了。

晋军灭掉虢国，从原路回国。虞公得到消息，亲自率领文武大臣到郊外迎接。远远望去，见军旗飘扬，晋军浩浩荡荡开了过来，虞公下令鼓乐齐鸣，侍臣们把酒肉果品抬将上来，准备犒赏晋军将士。想不到晋军刀枪并举，一拥而上，捉住虞国君臣，搜出名马、宝玉，乘势灭掉了虞国。虞公真后悔，"唇齿相依，唇亡齿寒"，全被宫之奇说中了！

名人档案

　　荀息，生年不详，卒于晋献公二十六年（公元前 651 年），名黯，息为表字，春秋时代晋国大夫。本姓原氏。曲沃晋武公灭翼后，任武公大夫。

回味一生的历史故事

晏婴出使楚国

战国时期,齐国有个有名的政治家和外交家,名叫晏婴。这人身材矮小,但是头脑敏捷,非常机智。

有一次,晏婴出使楚国。楚王想侮辱他,就按他的身材高度,在大门旁边开了个小门,叫他钻进去。晏婴说:"出使狗国的人,才从狗洞进去。我是出使楚国,请问楚国是个狗国吗?如果楚国是个人国,就应当请我从城门出入。"楚王听说了这番话,只好打开城门,请他进来。

楚王见到晏婴又说:"你们齐国大概是没有人了吧?怎么派你这么个矮小的人来呢?"晏婴说:"我们齐国首都临淄有300多条街道,人多得把衣袖一展开就把太阳都遮蔽了,挥洒的汗水如同下雨一样,走在路上要肩靠着肩、脚碰着脚,怎么说没有人呢?"

楚王又问:"那么为什么把你派到这里来呢?"晏婴说:"我们齐国派使臣有个规矩,上等的使臣派到上等国,下等的使臣派到下等国。我是个下等使臣,所以就被派到楚国来了。"

这一番话,说得楚王一句话也说不出来了。

晏婴凭着他的机智,出色地完成了出使楚国的任务。

名人档案

晏婴,夷维(今山东高密)人,生年不详,卒于齐景公四十八年(公元前500年)。谥曰平,字仲,故又称晏平仲或晏平。由于其影响甚大,像孔丘被尊称为孔子一样,他也被人尊称为晏子。

冯谖买"义"

战国时,齐国有个叫冯谖的人,他在家穷得活不下去了,就托人请求齐国的贵族孟尝君接收他做门客。孟尝君接见了冯谖,问他有什么才能,他说没有才能。孟尝君笑笑,就把他收留了。

孟尝君的封地叫薛。一次,孟尝君要找个人到薛地去收债,冯谖立即表示愿意去。临行的时候,他问孟尝君:"债收齐了,买点什么回来呢?"孟尝君说:"你看我家缺少什么就买什么吧。"

冯谖到了薛,叫地方官把所有欠债的百姓都召集来验对票据。人到齐了,票据验对完了,他说孟尝君有令,把债券全烧了,欠债不用还了。老百姓都欢呼起来,感激孟尝君的恩情。

第二天一早,冯谖就赶了回去。孟尝君见他这么快就回来了,非常吃惊,问道:"债都收齐了吗?"冯谖说:"收齐了。"孟尝君又问:"买了些什么回来?"冯谖说:"您吩咐我您缺少什么就买什么。我想,您家里什么都不少,缺少的就是'义',所以我给您买了'义'回来。"孟尝君奇怪地问:"先生怎样给我买'义'?"冯谖说:"您只有一块小小的封地,却不爱护那里的老百姓。我借您的名义,当着大家的面把债券全烧了,老百姓高呼万岁,这就是我给您买回来的'义'。"孟尝君听了,心里很不高兴,但已没办法了。

11

回味一生的历史故事

过了一年，齐王听了别人的坏话，罢了孟尝君的官。孟尝君只好回到自己的封地去。车队还没有到薛，当地的老百姓扶老携幼夹道欢迎，孟尝君见了这个场面，非常激动。这时他才明白，冯谖为他买的"义"是多么宝贵啊！

名人档案

孟尝君即田文，战国时齐国贵族，袭其父田婴的封爵，封于薛（今山东滕县南），称薛公，号孟尝君。"战国四君子"之一。被齐王任为相，门下有食客数千。曾联合韩、魏先后打败楚、秦、燕三国。一度入秦为相，不久逃归。公元前294年，因田甲叛乱事，出奔魏，任魏相，主张联秦伐齐，后来与燕、赵等国合纵攻齐。

齐桓公求贤

我国战国时期，中国分裂成许多小国。这些小国的国君，一个个都想侵占别的小国，都想当霸主。为了能使自己强大起来，他们想尽办法，招兵买马，搜罗各种有本领的人，为自己出主意、想办法。

齐国的国君齐桓公，也一心想称霸，也积极搜罗有本领的人。一天，他命令侍卫在宫廷前燃起巨大明亮的火炬，表示自己准备日夜接见各地前来投奔的贤能之士。可是，一年过去了，没有一个人来求见。

一天，有个砍柴的中年人，自称贤人，前来求见。他对齐桓公说："我会念'小九九'算术口诀！"齐桓公说："这是末流小技，也配称为贤才来见我吗？"砍柴人说："我听说宫前求贤的火炬点了一年多，没人登门求见，这是因为各地贤士都觉得自己不如您高明，所以都不敢来。我会'小九九'，这是微不足道的小本领。但是，大王如能以礼待我，还愁真有本领的人不来吗？"

齐桓公听了，觉得他说的有道理，就以隆重的礼节接待这个砍柴人，并给他优厚的待遇。果然，之后不到一个月，四方贤士纷纷来投奔齐桓公了。

名人档案

　　齐桓公,春秋时齐国国君。他在位期间(公元前685年——前643年),选贤任能,改革齐政,使国富兵强,"九合诸侯,一匡天下",成为春秋时期的第一个霸主。

将相和

战国时，赵国的蔺相如公使秦国，他机智勇敢，临危不惧，既维护了赵国的尊严，又使赵国的国宝和氏璧"完璧归赵"，立下大功。回国以后，被任命为上卿。

上卿是赵国最高的官职，位置在著名的老将军廉颇之上。廉颇很不服气，说："我廉颇攻坚守城，浴血苦战，为国家立下赫赫战功，他蔺相如算老几？就凭两片嘴皮当了上卿，我受不了！我要当众给他个下不来台！"

蔺相如知道后，处处回避廉颇。一次，他乘车外出，见廉颇的车迎面过来了，他吩咐车夫调转车头避开了。他手下的人气坏了，个个感到愤愤不平。蔺相如耐着性子，心平气和地解释说："强秦不敢攻赵，是因为赵国有我和廉颇。如果我和廉将军争强斗胜、内部不和，秦国就有机可乘。我对廉将军处处忍让，是考虑到国家的安危呀！"

廉颇也是个忠心为国的人，蔺相如的这番话传到他耳朵里，他细细思忖，又感动又惭愧。于是，他光着上身，背着荆条，到蔺相如府上去谢罪。蔺相如一见，抢步上前，将廉颇扶起，迎到堂上。从此以后，廉颇和蔺相如成了患难与共、肝胆相照的朋友。他俩团结一致，共同为国出力。

名人档案

　　蔺相如，籍贯及生卒年不详，赵国宦官头目缪贤的家臣，战国时期著名的政治家、外交家、军事家。

回味一生的历史故事

赵括误国

17

战国时,赵国有一位将军,名叫赵奢,他平日爱兵如子,打仗身先士卒,屡战屡胜为赵国立下赫赫战功。赵奢的儿子赵括,从小爱读兵书,不少兵书,他能背诵如流。谈起军事,可真是口若悬河,滔滔不绝,连赵奢也辩论不过他。不少人认为赵括是奇才,可"知子莫如父",赵奢临死时,再三叮嘱夫人,不能让赵括当将军,说他只会"纸上谈兵",没有实战本领,如果让他当了将军,必定会误了国家大事。

不久,秦国发兵攻赵,赵王不听赵奢夫人的劝阻,任命赵括为将军,率领 40 万人马,到长平迎击秦军。

赵括读的兵书很多,可战场上的情况千变万化,他不知道灵活运用,调兵遣将,安营布阵,一切都照搬兵书上说的去布置。秦军大将白起经验丰富,足智多谋,没有多久,就用计切断了赵军运送粮草的道路,将赵军包围起来。赵军被围困了四十多天,粮尽援绝,军心动摇,熟读兵书的赵括,到这时却无法可想。最后,赵括亲自率领一支精锐部队突围,可没冲出多远,便被秦军埋伏的弓箭手乱箭射死。主帅一死,赵军乱成一团,溃不成军,全成了秦军的俘虏。白起觉得他们不可靠,下令将 40 万赵军俘虏全部杀死。

赵括不从实际出发,只会根据兵书谈论军事,不但自己送了性命,也使国家遭到巨大损失。长平之战以后,赵国元气大伤,从此就日益败落下去了。

名人档案

赵奢,生卒年不详,赵国人,与赵王室同宗,当届贵族。战国后期赵国名将。主要生活在赵武灵王(公元前 324—前 299 年)到赵孝成王(公元前 265—前 245 年)时期,享年 60 岁。

蜀侯贪小·失大

战国后期,秦国的力量越来越强。秦惠文王出兵攻打蜀国,可蜀国四周都是崇山峻岭,无路可通,秦军虽然兵精将猛,可毫无办法,只好半途撤兵回来。

有人献计给秦惠文王,要拿下蜀国,不应强攻,只能智取,因为蜀侯生性贪图小利,只要用金银财帛作钓饵,蜀侯一定会上钩。秦惠文王听了大喜,叫工匠选取玉石,琢成雕空的大石牛,塞进黄金,号称"牛粪之金",然后四处放风,说要把这些宝贝送给蜀侯。同时,还派使者到蜀国去。

秦使来到蜀国,花言巧语,说秦王愿与蜀侯永结友好,互不侵犯。蜀侯接过礼单一看,见金珠玉帛甚多,又有新近制成的玉石巨牛,喜得心花怒放。秦使又说:"蜀道险阻,无法运输,只要大王修成道路,礼物马上运到。"蜀国大臣们听了,纷纷劝阻蜀侯:"秦王野心勃勃,大王务必提防。"可蜀侯财迷心窍,哪里听得进去,马上下令从全国征调民众,开凿山路。

蜀道修成了,蜀侯又派出许多精壮力士,来运石牛。秦惠文王暗暗挑选数万精兵,以护送石牛为名,顺着刚修好的道路,浩浩荡荡向蜀国开来。

19

回味一生的历史故事

　　石牛快到蜀国的都城了，蜀侯下令大开城门，亲自率领文武百官，到城郊迎接。就在这时，秦军刀枪并举，一拥而上，蜀国君臣毫无准备，只好乖乖当了俘虏。

　　蜀侯贪小失大，这教训真叫人深思呀！

名人档案

　　秦惠文王，生年不详，卒于公元前311年。战国时秦国君主。名嬴驷。孝公之子。公元前337年—前311年在位。惠文王为太子时犯法，商鞅行法，曾黥其师傅公子虔。故孝公一死，他将商鞅车裂。然而他并未废除商鞅之法。在位期间，集军政大权于一身，任用贤能，推行法治，并不断向外拓展领土。

21

秦始皇拜荆条

秦始皇是谁？他是统一中国，建立秦王朝的第一个皇帝。荆条，是一种像柳条一样的植物。秦始皇为什么要对荆条下拜呢？这里有个动人的故事。

两千多年前的一个秋天，秦始皇在文武大臣的护卫下，乘着马车、浩浩荡荡地从渤海边的碣石，向东北前进。这是他实现统一中国后的第四次出巡。

随着一阵马蹄声，秦始皇沉浸在对童年的回忆中：他幼年读书时的那位老师非常严厉。老师讲亡、口、月、女、凡，然后再合成一个"嬴"字。这就是秦始皇的名字。第二天就要他写出来。他说："老师，太难了。"老师说："什么？一个'嬴'字就太难了？如果将来秦国要你去治理，能知难而不进吗？"于是，老师举起了荆条棍……

这事已过去好多年了，后来就再没有见过那位老师，听说他老人家已经去世了。

秦始皇正在沉思，忽然车停了。有人上前奏道："前面是岛，请大王乘马。"于是，秦始皇跨上了一匹大白马，行不多时，便到了岛上。秦始皇环视了渤海，又低头察看眼前，忽然下马，撩起长袍跪拜在地。跟随的大臣们，不知为什么，也只好跟着跪下。等秦始皇站起来，宰相李斯才问秦始皇为何下跪。秦始皇深情地说:"此岛所生荆条,正是我小时候在家读书时,老师所用的荆条,见荆如见恩师,哪有不拜之理?"

后来,人们把这个岛称为秦皇岛。据说,岛上的荆条为秦始皇尊师的精神所感动,都垂首向下,如叩头答谢的样子。

名人档案

秦始皇(公元前 259 年—前 210 年)为秦庄襄王之子,是中国历史上一位叱咤风云、具有雄才大略的人物。公元前 246 年,年仅 13 岁的嬴政被拥立为秦王。8 年后(公元前 238 年),秦王嬴政在蕲年宫举行加冕礼,亲理国政称始皇帝。此后,嬴政继承了自秦孝公以来变法革新、奖励耕战的一系列政策,选贤任能、厉兵秣马、富国强兵、顺应历史发展的潮流。

荆轲刺秦王

我国战国时期，秦国依仗自己力量强大，经常侵略、欺凌别的国家。

燕国太子丹，曾被秦王嬴政（就是后来的秦始皇）扣留，受到过污辱。他满怀悲愤地逃回燕国后，立志要报仇雪恨。正好有个叫荆轲的壮士，愿意帮太子丹去刺杀秦王。

他们想了个计策，假装让荆轲向秦王献上燕国一个地区的地图，然后从这地图里抽出匕首，杀死秦王。

太子丹为荆轲准备了一把沾上毒药的匕首，给他一份地图，送他上路了。

秦王一听说荆轲要来献地图，立即答应接见他。

荆轲去见秦王之前，小心地把匕首卷在地图中。进入戒备森严的秦宫，荆轲面不改色，昂首阔步地登上大殿。他走上前去，把地图展开给秦王看。地图全展开了，匕首也露了出来。荆轲一手操起匕首，一手抓住秦王的衣袖，猛地刺了过去。秦王大吃一惊，猛地一挣，把衣袖扯断，总算避过了匕首。他马上窜到柱子后面，绕着柱子逃跑。荆轲猛追上去，因为有柱子挡着，没能刺到秦王。臣子们惊慌失措，不知怎么办才好。按秦国规矩，臣子上朝不准带武器，侍卫们排在殿下，没有命令不准上殿。秦王的佩剑又太长，一时拔不出。有人喊道："大王，把剑背在背上！"秦王把剑背起，反手抽出宝剑，砍伤荆轲的大腿。荆轲把匕首掷向秦王，没有击中。秦王连刺8剑，荆轲就壮烈牺牲了。

名人档案

荆轲，生年不详，卒于公元前227年，战国末期卫国人，喜好读书击剑，为人慷慨侠义。后游历到燕国，被称为"荆卿"（或荆叔），随之由燕国智勇深沉的"节侠"田光推荐给太子丹，拜为上卿。秦国灭赵后，兵锋直指燕国南界，太子丹震惧，与田光密谋，决定派荆轲入秦行刺秦王。

回味一生的历史故事

指鹿为马

秦始皇驾崩后，宦官赵高见机会已到，就假传圣旨，害死太子扶苏和将军蒙恬，扶立胡亥当皇帝，号称秦二世。而他自己也当上了丞相，大权都被他一个人掌握了，秦二世什么都得听他的。可他的野心大着呢，自己要当皇帝。他想：慢慢来，我得先试试，看看有什么人不服我，把他们除掉，我当皇帝就方便了。他想了半天，终于想出个鬼主意。

这天，他牵着一头鹿上朝，一本正经地说："敬献一匹千里马给皇帝。"秦二世到底是个小孩子，惊讶地说："丞相，这是鹿呀，你怎么说是马呢？"赵高眼珠子一转，回过身来面对着台阶下的文武官员，大声地说："我说这是马，皇帝说是鹿，你们大家看看仔细，每个人都得说，这到底是马还是鹿？"

有的大臣讨好赵高，连声附和说："丞相说得对，这是马，一匹好马呀！"有的大臣害怕赵高，支支吾吾地说："哎呀，眼睛不好，是马还是鹿，我也分不清呀！"有几位正直的大臣也毫不含糊："这是鹿，不是马！丞相这样戏弄皇帝，是有罪的！"赵高把大臣们说的话，都牢牢记住了，然后大声说："老夫头痛了，散朝！"

赵高想：哼，还有人敢和我作对，要让你们尝尝我的厉害！没多久，几个说实话的大臣遭殃了，这条罪名、那条罪名加到头上，有的被

25

杀了,有的被关进监牢。从此,朝中的大臣就更害怕赵高了。赵高的权势也越来越大了。

名人档案

赵高,中国秦代宦官,权臣。原为赵国宗族远支。其母在秦国服刑,故兄弟数人皆生隐宫。赵高为内官厮役,因通晓法律,被秦王政提拔为中车府令。后因犯罪,被蒙毅依法判以死罪。秦王惜其才干,下令赦免。

巨鹿之战

　　秦始皇驾崩后，六国的旧贵族见机会到了，纷纷起兵造反，秦二世见势不好，赶紧派章邯带兵去镇压。这章邯果然厉害，杀得赵王节节败退，躲进巨鹿不敢再战，派人到各地求救。各路救兵来了，见章邯兵精将猛，谁也不敢上前。

　　大家都怕章邯，可有一位将军不怕，他就是楚将项羽。项羽指挥大队人马呼啦啦渡过了漳河，部队上岸以后，项羽马上下令，把渡河用的船只，全部凿没。然后叫战士们带上三天的干粮，将烧饭用的锅子、瓦罐，全部砸碎。项羽慷慨激昂地说："船沉了，锅砸了，这一仗，只准进，不准退，三天之内，一定要打败秦军！"将士们佩服项羽的决心和勇气，举起刀枪，齐声高呼："决战决胜，誓死破秦！"

　　"咚！咚！咚！"战鼓擂响了，项羽黑衣铁甲，骑着乌骓马，手舞丈八铁戟，一马当先，冲进秦军阵中。楚军将士齐声呐喊，争先恐后向前冲杀。两军混战，杀声震天，秦军虽是精锐之师，没想到楚兵后无退路，个个拼死向前，越战越勇，秦军渐渐支持不住，阵脚大乱。真是兵败如山倒，章邯再也无法指挥，全军溃败。

　　这就是历史上有名的巨鹿之战，项羽一举击败秦军主力，声威大震，成为赫赫有名的西楚霸王。

名人档案

项羽(公元前232年—前202年),名籍,字羽,下相(今属江苏)人。楚将之后,随叔父项梁起义,与刘邦争天下,自封为西楚霸王。后在垓下被围,突围至乌江自刎身亡。

张良拾鞋

　　我国战国末期，出了个有名的军事家，名叫张良。张良小时候就喜欢研究打仗。说起来，还有段神奇的故事哩。

　　有一天，张良独自在河边散步。他走过一座大桥时，看见一个白胡子老头儿，坐在桥头上。这老头一见张良，不知是有意还是无意，将脚上的一只鞋子弄得掉到桥下去了。

　　老头儿扭过头，喊道：“喂，小家伙，下去给我把鞋子拿上来！”

　　张良一听，心中很不高兴，但看看眼前这老头儿一大把胡子，也就没说什么，走到桥下，拣起鞋子，爬上桥头，递给老人。不料，这老头没伸手去接，却把脚一伸，命令道：“给我穿上！”

　　张良愣了一下，心想：既然给你拣来了，那就给你穿上吧。他一条腿跪在地上，恭恭敬敬地给老头儿将鞋子穿上。

　　老头儿站起来，拍着张良的肩膀，笑着说：“你这人心地不错。这样吧，五天后，天一亮，咱们到这桥上见！”

　　张良一听老头儿的口气，知道他是个有学问的人。忙跪下，连声说：“是！是！是！”

　　第五天，张良一早起来，赶到桥头，啊，那老头已坐在桥上啦。老头生气地说：“跟老人约会，怎能迟到呢？——去吧，再过五天，早点儿来!"

张良连声答应。第四天半夜里,他就赶到桥上,站在濛濛细雨中,等呀,等呀,天快亮时,老头儿走来了。他从怀里掏出一部书,交给张良,一字一句地说:"回家好好地读吧,你会大有作为的!"说罢头也不回地走了。

张良打开书一看,啊,这是一本最有名的讲兵法的书。从此,他就钻研兵法,终于成了一位有名的军事家。

名人档案

张良(?—公元前186年),字子房,战国时期韩国(今河南中部)人,是刘邦的军师,为其出谋划策,屡建功业,是西汉的开国元勋。西汉杰出的军事谋略家,与萧何、韩信同被称为汉初三杰,被封留侯,谥文成侯。

鸿门宴

　　秦朝末年,各路起义军中有两支最大的力量,这就是刘邦和项羽的队伍。他们曾经约定,谁先攻下秦朝首都咸阳,谁就在关中一带称王。

　　结果,刘邦先攻破了咸阳,控制了函谷关,称了王。项羽可被气坏了。他想,我有40万大军还没称王,你10万人马敢称王吗?于是准备找刘邦决战。

　　项羽的一个远房叔叔,名叫项伯。项伯与刘邦的谋士张良是好朋友。项伯听到这消息,就连夜去告诉张良,劝他赶紧离开。张良不愿背叛刘邦,经张良介绍,刘邦热情地接待了项伯,并与项伯结为儿女亲家。项伯劝刘邦亲自去向项羽解释、道歉,以避免这场大战。

　　第二天,刘邦带着一百多人,亲自到项羽的驻地鸿门,向项羽道歉。项羽听了项伯的劝说,就设宴招待刘邦。项羽的谋士范增劝项羽在酒宴上杀掉刘邦,还在宴会军帐埋伏了一批武士,约定项羽一举杯,就立即动手。

　　在宴会上,刘邦对项羽处处倍加小心。那项羽是个直性子,被刘邦哄得渐渐高兴起来,根本不再想杀他了。所以对范增的几次暗示都不理会。

范增见项羽没有杀刘邦的意思,就把项羽的堂兄弟项庄找来,对他说:"项王太仁慈了。你快进去借舞剑为名,把刘邦刺死。"

项庄接受命令,回来便到宴会上敬酒,并请求让他舞剑助兴。说罢,拔出剑就舞将起来,只见剑光闪闪,项庄越舞越靠近刘邦。项伯担心出事,对项羽说:"一人独舞,兴致不高,让我和他对舞吧!"项伯也拔剑起舞,暗暗地用自己的身体挡着刘邦,使项庄始终找不到下手的机会。

张良看到这种情况,赶忙出去,对跟随而来的刘邦的武将樊哙说:"现在项庄舞剑,用意是要杀沛公啊,你快进去保护他吧!"樊哙一听,立即拿起武器,闯到宴会上。

在张良、樊哙的保护下,刘邦终于借上厕所的机会,离开宴会,安全地回到自己的军营。

这就是历史上有名的"鸿门宴"。

名人档案

西汉高祖刘邦,生于周赧王五十九年(公元前256年),卒于高祖十二年(公元前195年),沛郡丰邑人(现在江苏丰县),字季,有的说小名刘季。他在兄弟四人中排行第三。在秦末农民战争中因为被项羽立为汉王,所以在战胜项羽建国时,国号定为"汉",因为定都长安,为了和后来刘秀建都洛阳的"汉"区别,历史上称为"西汉"。

韩信报恩

韩信少年时，父母双亲都死了，家里穷得连口饭都吃不上。

他和南昌亭亭长相熟，经常到亭长家去吃饭。可吃的次数多了，亭长的妻子就不高兴了。于是这女人想主意来整韩信，接连几天，她提前把早饭烧好、吃光，等韩信来的时候，锅里早空空的了。韩信气坏了，离开了亭长家，从此再也不上门了。

韩信没有办法，只好在淮阴城下的淮水边钓鱼，有时候运气好，钓到一条大鱼，就拿到街上去卖，换些钱买米，可以吃上顿饱饭；有时候钓不到鱼，就只好饿肚皮了。有位在水边洗衣服的大娘，为人心地善良，她见韩信饿得有气无力，经常把自己带来的饭分给他吃。韩信感激地说："将来我一定要好好报答你！"

一次，淮阴城里有帮无赖，见韩信佩着剑走过来，就上前拦住他，一个无赖嚷道："小子，你有种就用剑把我杀了，要是不敢，就从我裤裆下钻过去！"韩信没办法，忍气吞声从他裤裆下钻了过去。

就是这个受"胯下之辱"的韩信，后来成了大将军。他下令到淮阴找三个人，洗衣服的大娘，南昌亭亭长和逼他钻裤裆的无赖。

南昌亭亭长来了，韩信说："你是小人，好事没做到底，赏你一百小钱，走吧！"

让韩信钻裤裆的无赖吓坏了,连连磕头。韩信笑笑:"你侮辱我,是督促我上进,你是个壮士,就在我这儿当个中尉吧!"

见了那位洗衣服的大娘,韩信谢了又谢,他不忘一饭之恩,送她千两黄金,作为报答。

名人档案

韩信,汉初军事家。淮阴(今属江苏)人。陈胜吴广起义后,韩信始投项梁,继随羽,后从刘邦。汉高祖元年(公元前206年),经丞相萧何力荐,始为大将,协助刘邦制定了"还定三秦以夺天下"的方略。

苏武牧羊

我国汉朝有个人叫苏武。他奉了汉朝皇帝的指派，出使到北方匈奴国去，传播汉族人民的文化，同时也监视匈奴人的行动。

那时候，出使到外邦去的大臣，都拿着一根"节"，用它来作为证件。"节"，就是一根木杖，上面挂着用牦牛尾做装饰的旗子。这根木杖非常重要，如若丢掉了，就算背叛变节。

匈奴王单于不肯归顺汉朝，时常派兵侵犯边疆，汉朝派去的使者也常被他们扣下，有些使者贪生怕死，投降了匈奴。

苏武到了匈奴，单于王派人劝他投降。苏武一口回绝，这可气坏了单于王，他就把苏武关在地窖里，不给他吃喝。苏武抓起地上的雪和着毡毛吞到肚子里，过了几天，单于王见他没饿死，还以为他是神仙呢，就把他送到北海（贝加尔湖）边去放羊。这地方一片荒凉，从没有人来过。

苏武一个人在荒凉的草原上放羊，饿了，他就找些草籽充饥，有时捉几只野鼠烧了吃。等羊长大了，他就靠吃羊肉，喝羊奶过日子。

就这样，苏武在荒无人烟的匈奴北地呆了19年，他那根节杖上的牦牛毛都掉光了。这19年中，常有人来劝苏武投降，都被苏武赶走了。

后来,单于王愿意与汉朝讲和。不得不派人把苏武送回汉朝。苏武出使匈奴时,还是个中年人,当他握着成了光杆的汉节回到长安时,已成了白胡子老头儿。他进城那天,成千上万人欢迎他,好多人感动得流下了眼泪。

名人档案

苏武(公元前140年—前60年),字子卿。杜陵(今陕西西安)人,是西汉尽忠守节的著名人物。

回味一生的历史故事

36

班超投笔从军

汉朝时候，有位著名的史学家，名叫班彪。班彪有两个儿子，一个女儿。大儿子叫班固，他继承父亲的遗业，用一生的精力写了一本书叫《汉书》。二儿子名叫班超。这班超身材高大、仪表堂堂。他从小就和哥哥在一起，跟着父亲读书。他家藏书很多。班超常和父亲、哥哥一起，研究汉朝和北方匈奴的关系，还研究西域各国的情况。班超最佩服那些出使西域，为汉朝立下功劳的英雄。他暗下决心，要像张骞那样的外交家学习。

不久，班超的父亲去世，全家就靠哥哥挣钱过日子。哥哥在京城当了个小官，挣的钱不多。为了帮哥哥养家糊口，班超就替官府抄写文书，为的是多挣几个钱供养母亲。

班超是个有远大志向的人，成天坐在屋子里抄抄写写，他真难受啊。他常停下笔来，眯着眼睛，想象着那些英雄人物，在草原上，在沙漠里，骑马奔驰的情景。有时，他越想越烦躁。一天，他突然一拍台子，将手里的笔掷在地上，大声叫道："大丈夫就要像张骞那样立功远方，报效国家，怎能在笔墨纸砚之间讨生活呢！"他这一叫，把周围的人吓了一跳，大伙儿再看他这气呼呼的脸，又都笑了。班超见大伙儿笑他，气愤地说："你们成天庸庸碌碌，哪知道一个壮士的志向啊！"

不久，朝廷招募人马到西域去，班超就报名参军，出使西域去了。

名人档案

班超(公元32年—102年)，字仲升，扶风安陵(今陕西咸阳东北)人，东汉著名的军事家和外交家。班超是著名史学家班彪的幼子，其长兄班固、妹妹班昭也是著名的史学家。班超为人有大志，不修细节。但内心孝敬恭谨，居家常亲事勤苦之役，不耻劳辱。他口齿辩给，博览群书，能够权衡轻重，审察事理。

三请诸葛亮

在我国东汉末年,天下大乱,军阀连年混战,有个人叫刘备,他带领一支人马,也想争夺天下。可是,他的军队由于没有有才能的军师出谋划策,常常打败仗,刘备非常苦恼。后来听说诸葛亮既有学问,又有才干,就和关羽、张飞带着礼物请诸葛亮来帮助他。

他们到了诸葛亮家,恰巧诸葛亮在这天早上出去了,只好失望而归。

过了不久,刘备又和关羽、张飞冒着大风雪前去相请,谁知诸葛亮和朋友到外面闲游去了,不知道什么时候才回来。张飞本来就不愿再来,看见诸葛亮还是不在,催着要回去。刘备只好留下一封信,表达自己对诸葛亮的敬仰之情,并且希望他来帮助自己摆脱困难的境地。

过了些日子,刘备洗了澡,换上干净衣服,准备再去请诸葛亮。关羽不大愿意去,说诸葛亮也许只有一个空名,不一定有真才实学;张飞说只要他一个人去,用根绳子把他捆来。刘备把张飞狠狠地责备了一顿,三个人第三次到诸葛亮的家里去。到了诸葛亮家,不巧,他正在睡午觉。刘备不敢惊动他,恭恭敬敬地在台阶下等着。一直等到诸葛亮自己醒来,才走进去向他问候。

诸葛亮见刘备有雄心壮志,又这样诚心诚意地请求自己帮助,就

39

答应了刘备的请求,和他们一起出发了。

果然,诸葛亮当了刘备的军师以后,接连打了几个胜仗,有了自己的根据地,力量一天天壮大起来。

名人档案

诸葛亮(公元181年—234年),字孔明,诸葛亮是我国古代著名的政治家、军事家,在文学上著述也颇多。主要有表、治、秦、疏、策、书、教、赞、铭、兵法、军令等共178篇。他的文章风格多是开门见山、直抒己见、畅晓畅达、言简意深,具有情意真挚、淳朴清新的特点。著作有《诸葛亮集》其中最著名的有《出师表》《诫子书》《与群下教》等。

曹操献刀

我国汉朝后期,出了个很有计谋、很有本领的人,名叫曹操,有关他的故事可多哩。

汉朝末年,皇帝没有什么权。大权全在丞相董卓手里。这董卓想除掉皇帝,自己当皇帝。大臣们都怕他,谁也不敢惹他。

曹操一心要除掉董卓,他想好了办法。平时,他装出恭顺的样子,样样听董卓的,被董卓视为亲信。

一天,曹操见董卓在午睡,周围又没有卫兵,他觉得机会来了,就拿了一把宝刀,来到董卓屋里,想要行刺。怀有戒心的董卓从镜子里发现了,急忙转身责问道:"你想干什么?"曹操见行事不利,董卓又很魁伟,打起来自己很难取胜,于是连忙跪下,把刀举过头顶说:"我近来得到这口宝刀,愿献丞相。"董卓竟然相信了。

这时,侍从牵马到了门外。曹操赞叹道:"真是好马!我骑上试试。"说完飞身上马,飞奔而去。

一会儿,董卓的谋士来了,董卓就把曹操来献宝刀的事说了。这位谋士一听,拍着大腿说:"哎呀,他哪里是献宝刀?他是要行刺你呀!"

董卓一听,连忙派人去抓曹操。这时曹操早已骑着马,逃出城门啦。

名人档案

曹操(公元 155 年－220 年),又名吉利,字孟德,小字阿瞒,沛国谯(今安徽亳县)人,东汉末年杰出的政治家、文学家、军事家。

回味一生的历史故事

42

智筑土城

曹操是个很有计谋的人。有一年冬天,曹操与一个叫马超的将领,在渭河边打仗。曹操被断绝了交通运输,粮草运不上来。这时,他只有赶快在渭河岸边筑一土城,方能避免马超的攻击。可是,渭河边的土尽是沙土,没有粘力,土城刚筑到一半高就倒了。这时,正是初冬季节,乌云笼罩天空,预示着严寒即将来临。有个自称梦海居士的人,来到曹营献计道:"今晚将起北风,天气势必暴冷,只要一边堆土,一边浇水,半夜就会把土冻牢,还怕筑不起土城吗?"曹操听了他的话,就叫士兵们一边筑城,一边浇水,仅一天,就筑成了营盘,防住了马超的进攻。

名人档案

马超(公元176—222年),三国时期蜀国将领。字孟起,扶风茂陵(今陕西兴平东北)人。刘备为汉中王时,拜马超为左将军,假节;章武元年(公元221年),迁骠骑将军,领凉州牧。次年卒。

司马昭夺位

三国时,司马昭当了魏国的大将军和相国,他根本不把魏文帝曹髦放在眼里,暗中策划夺位。

曹髦再也受不了啦!他把侍中王沈、尚书王经、散骑常侍王业召进宫里,商议对策。曹髦气愤地说:"司马昭之心,路人皆知。你们帮助我,一起去讨伐他!"王经知道司马昭兵权在手,少数人马无济于事,劝曹髦忍耐一下,不要闯出大祸来。曹髦激动地说:"我已下定决心,死也不变!"

王沈、王业怕连累自己,出宫后,悄悄把曹髦的计划报告了司马昭。

20岁的曹髦,根本不懂得怎么对付司马昭,他集合了宫内的禁卫军和侍从太监,吵吵嚷嚷地从宫中杀奔司马昭家中。曹髦自己拿了一口宝剑,站在车上指挥。

司马昭有个亲信名叫贾充,得知消息后,马上带来数千兵士赶来,挡住去路。双方打了起来。贾充人多势众,他喝令兵士们上前,兵士们一拥而上,将曹髦杀死。

司马昭改立15岁的曹奂为魏帝,他更加权重一时,曹奂成了地地道道的傀儡。到公元265年,司马昭的儿子司马炎终于废去曹奂,自已做了皇帝,建立了晋朝,这就是晋武帝。

名人 档案

　　司马昭(公元 211—265 年),字子上,河内温县(今河南温县西)人,司马懿子、司马师弟。师死后,继其兄专国政,甘露四年,魏主曹髦率宿卫欲诛之,反为昭所杀,立曹奂,是为元帝。年号景元。景元三年(公元 262 年)命锺会、邓艾等伐蜀,次年亡蜀,封晋王。咸熙二年(公元 265 年)卒,子司马炎嗣爵。

回味一生的历史故事

神将马隆

我国晋朝时候,有一位著名的将军叫马隆。他带兵打仗时,神机妙算,常打胜仗,人称"神将军"。

一次,马隆率领 3 千大军去堵截敌人。他算准敌人一旦溃败肯定要从小道上逃走,就派人在小道的两旁,堆放了许许多多奇怪的石头。

战斗开始了,马隆命令兵士们向敌军放箭,敌人抵挡不住,只好一边打,一边退。敌人没敢从大路逃走,他们走进了小道。敌人一进小道,就像被什么东西捆住一样,手不能举,脚不能动,身上也像是压上了千斤重的石头,有的人还被吸在石块上,一点动弹不得。

敌人拥进小道的队伍越来越多,前边的堵塞了道路,后边的又拥了上来。他们想进、进不了;想退、又退不出去;想打,又不能动弹。只好乖乖地投降了。

这到底是怎么回事呢?原来,马隆派人垒放在夹道两旁的石头其实是磁石,磁石能吸住铁。古时候,军队的官兵穿戴的是铁片制做成的盔甲,用的武器也是铁制成的。所以,就被夹道两旁的磁石吸住,动弹不得了。

马隆真是一位了不起的"神将军"。

名人档案

　　马隆,生卒年不详,字孝兴,东平平陆(今山东汶上北)人,西晋名将,兵器革新家。

淝水之战

48

　　我国东晋时,北方有个首领叫苻坚,他用武力统一了北方,又野心勃勃,率领80多万人马南下,要统一中国。东晋派大将谢玄领兵8万迎战敌人。两支部队在淝水河边摆开阵势,要决一死战。

　　要以8万人马战胜苻坚的80万大军,得用计谋才行。谢玄绞尽了脑汁,终于想到了一条妙计。

　　谢玄派人送信给苻坚,请他的部队略略后退一些,让晋国军队渡过淝水进行决战。骄傲轻敌的苻坚根本不把东晋的8万人马看在眼里,不顾将领们的劝告,答应后撤,并且想在晋军渡河时,来个突然袭击。

　　决战的那一天,就在苻坚指挥部队后撤时,晋军8千骑兵迅速杀过淝水,向敌人冲去。苻坚的士兵以为晋国军队打了胜仗,自己的部队在撤退,立即向后逃去,怎么也阻拦不住。

　　苻坚手下的将领看到这种形势,连忙在苻坚的周围保护着他,急急忙忙向后逃去。苻坚的军队失去指挥,更是乱成一团,各人仓皇逃命。

　　苻坚的士兵个个胆战心惊。晚上听到风吹声,鹤叫声都以为是晋军的追杀声。他们只敢走小路,累了就在田野里躺下休息,就这样冻死,饿死了很多士兵。晋国军队终于战胜了强于自己10倍的苻坚的军队。

这就是历史上有名的以少胜多的淝水之战。

名人档案

苻坚(公元338年—385年),字永固,一名文玉,略阳临渭(今甘肃秦安东南)人。氐族。祖父苻洪,是十六国时期前秦的奠基者。

49

名将陶侃

陶侃是晋朝有名的将军,军事上有过人的才能,从军41年,在战斗中屡建奇功。

晋成帝时,陶侃被任命为八州军事总督和荆江两州刺史。一次,他到建造军船的工地上去,见地上扔了好多短竹头,锯木头的木屑积得老厚老厚,竹头木屑,都是无用的东西,大家天天看到,谁也没有注意。可陶侃见了,却吩咐大家,把竹头木屑都收集起来,放进库房里保管好。大家按陶侃的吩咐办了,可不少人心中很纳闷:收这些东西有什么用处?

第二年春天,陶侃在府衙里举行会议。可这天大雪后,积雪化了,府衙前的道路泥泞难行。来开会的部属靴子上、衣服上弄得满是烂泥巴,有的人不小心摔上一跤,那更是狼狈不堪。陶侃见了,赶紧叫人把储存的木屑取出来,铺在路上。哎呀,这木屑还真管用,大家走起来方便多了。

后来,晋朝大将桓温要出兵征战,火速在全国征调工匠,限期建造战船,运送部队。可造战船需要大量竹钉,一时之间,到哪儿也找不到呀!负责督造船只的官员,一个个愁眉苦脸,急得像热锅上的蚂蚁。这时,陶侃把收藏在库房里的竹头取出来,叫工匠制成竹钉,保证了战船如期造好。

大家觉得陶侃办事深谋远虑，周密细致，对他更加佩服了。

名人档案

　　陶侃（公元259—334年），字士行（士衡），溪族（土家族），原籍东晋鄱阳郡（今江西波阳县东北）人，后迁居庐江郡寻阳县（今江西九江），东晋著名的军事家。

51

不为五斗米折腰

东晋时,诗人陶渊明在彭泽县当县令。这天正是盛夏酷暑,办完公事,他回到内衙,跟往常一样,袒胸赤脚,摇着扇子,边饮酒边琢磨诗句。

忽然,衙吏急急忙忙跑了进来,说:"督邮大人到彭泽视察,叫县令马上去见他。"陶渊明这人满腹文章,一身傲骨,自己虽然当了县令,却从来不把做官的人放在眼里,他不以为然地点点头,说:"知道了。"还是悠哉悠哉地饮酒赋诗。

衙吏急得不得了,连连催促陶渊明,陶渊明这才放下酒杯,慢慢腾腾向门口走去。衙吏一把拉住他:"督邮大人是顶头上司,去见他必须穿戴整齐,不然……"听到这里,陶渊明勃然大怒,拍着桌子喝道:"我这县令,俸禄不过五斗米,我不能为五斗米折腰,低三下四地去讨好一个小人!"他越说越来气,干脆交出县令印信,雇了一条小船,辞官回家乡去了。

陶渊明隐居田园,过着淡泊恬静的生活,从中体会自然的真趣,写出了"采菊东篱下,悠然见南山"这样的有名诗句,成为中国文学史上最负盛名的田园诗人。

名人档案

　　陶渊明,东晋时期诗人、辞赋家、散文家。一名潜,字元亮,私谥靖节。浔阳柴桑(今江西九江西南)人。陶渊明出生于一个没落的仕官家庭。曾祖陶侃是东晋开国元勋,官至大司马,都督八州军事、荆江二州刺史,封长沙郡公。陶渊明的祖父作过太守,父亲早死,母亲是东晋名士孟嘉的女儿。

回味一生的历史故事

杜伏威拔箭

隋朝末年,隋炀帝残酷压榨人民,各地人民纷纷起义造反。其中有个人叫杜伏威,他 16 岁就参加了农民起义军,每次战斗,他英勇非凡,又能与士兵同甘共苦,深得将士们爱戴,大家推举他当了起义军领袖。

一次战斗中,杜伏威前额中了一箭,血流满面,他指着放箭的敌人愤怒地说:"不杀死你,我就不拔这支箭!"说完,杜伏威忍住疼痛,大声喊叫着冲入敌阵,那个放冷箭的敌人见杜伏威如此英勇,哪里还敢迎战。吓得调转马头逃命。

杜伏威拍马赶上去,终于活捉了那个敌人。他大声喝道:"为我拔箭!"这个放箭的家伙早已吓得丧魂失魄,抖抖索索地伸出手来,用力拔下那支箭来。同时,杜伏威"唰"地拔出宝剑来,一下把他杀死了。

杜伏威奋勇杀敌,起义军士气大振,人人争先恐后,把敌人打得落花流水。

名人档案

　　杜伏威中国隋末农民战争中江淮义军领袖。齐州章丘（今山东章丘西北）人。家世贫困。大业七年（公元 611 年），与至交辅公祏一同聚众起义。他勇敢善战，被推为主。后转向淮南，先后合并了下邳、海陵的反隋武装，兵威渐盛。大业十三年（公元 617 年）后大败隋军。

回味一生的历史故事

皇帝怕魏征

　　魏征是唐太宗时期的大臣，他敢批评皇帝。皇帝呢，也接受他批评，还任命他为谏议大夫，让他随时跟在身边，规劝自己。据说，皇帝有时还怕他呢。

　　唐太宗喜欢养鸟玩，有人送给他一只鹞鹰，他很喜爱，常让鹞鹰站在自己手臂上，逗它玩耍。为这事，魏征曾批评过他，说玩这种鸟儿，会耽误国家大事。太宗当面接受批评，可回到宫里，仍然喜欢架着鹞鹰玩耍。

　　这天，唐太宗正在屋里玩鹞鹰，忽然门卫报告："魏征来啦！"

　　唐太宗一听，吓得连忙将鹞鹰藏在怀里，他是怕魏征看到挨批评啊。

　　魏征跨进院子，已经看到太宗把鹞鹰藏进怀里，可他装着没看见，坐下跟太宗谈朝廷的公事。他谈了这一件，又谈那一件，详详细细，没完没了。太宗可急坏啦，但表面上只好装出耐心听的样子，不断地点头，还"嗯嗯"地答应着。

　　魏征谈了好半天，这才起身告辞。等魏征一走，太宗赶紧从怀里掏出鹞鹰，唉，这鹞鹰已经被闷死啦。

　　唐太宗叹了口气，从此再也不玩鸟儿了。

56

名人档案

　　魏征(公元 580—643 年),字玄成,巨鹿下曲阳(今河北省晋县西)人,后迁居到相州内黄(今河南省内黄县)。他是唐代初期杰出的政治家和历史学家,更以刚直不阿、敢于进谏闻名于世。

57

回味一生的历史故事

请君入瓮的故事

　　唐朝出了个女皇帝，名叫武则天。女人当皇帝，有不少文官武将反对。武则天任用了一批心狠手辣的人当官，抓人抄家，酷刑逼供，把反对她的人杀的杀，关的关，流放的流放。这批残酷的官吏中，最有名的要数来俊臣和周兴。

　　一次，有人向武则天告密，说周兴也要阴谋造反。武则天大怒，她想：好一个周兴，我这样重用你，你也想造反！看我怎么整治你！她马上传令，派来俊臣去审理这案子。来俊臣想，要周兴招供，可不是件容易的事，得想个主意才行。

　　来俊臣想好了办法，不露声色，派人请周兴来喝酒。周兴不知底细，高高兴兴来了。两人你一杯，我一杯，喝得有了几分醉意。来俊臣说："周兄，有些犯人用了刑还不招供，不知你有什么办法？"周兴得意地一笑，说："这不难，前几天我发明了新刑具，取一只大瓮，四面烧起炭火，叫犯人站在瓮中，不怕他不招供。"

　　来俊臣听了，高兴得拍起巴掌，连声说："好办法！好办法！"他马上吩咐手下人抬来一只大瓮，在四面烧起炭火。周兴举起酒杯，对来俊臣说："来，今天喝个痛快，明天再审问犯人吧！"来俊臣把脸一板，取出武则天的密旨，厉声喝道："皇上有令，叫我审讯你谋反的事。周兄，

"请你进瓮吧!"

听了这话,周兴酒也吓醒了:"站在烧红的大瓮里,自己能受得了吗?"他赶紧跪倒在地上,连连磕头认罪,把一切都招供了。

名人档案

武则天(公元 624—705 年),并州文水(今山西省文水)人,唐初工部尚书武士彟的女儿,唐高宗李治的皇后,唐代女政治家。性巧慧,多权术。

59

回味一生的历史故事

靠不住的冰山

　　唐朝有个皇帝,叫李隆基。他最宠爱的妃子叫杨玉环,她就是历史上有名的杨贵妃。杨贵妃受到皇帝宠爱,她的堂兄杨剑也跟着当了大官,一下子身兼15个官职,皇帝还亲自给他赐名"国忠"。后来,杨国忠当了宰相,权势更大,选派官吏的事,他一个人说了就算。因此,好多羡慕权势、想当官的人,纷纷来投靠他。

　　当时,陕西有个叫张象的进士,虽然很有学问,但没有机会做官,朋友们都劝他去投靠杨国忠,谋个一官半职。张象摇摇头,冷笑着说:"诸位认为杨宰相像泰山一样,稳固得很。可我看他像座冰山,太阳一出,冰消雪融,他是靠不住的。"不管朋友们怎样劝说,张象就是不听,最后索性到嵩山隐居去了。

　　不久,最受李隆基和杨贵妃恩宠的节度使安禄山竟然造反了,他带领几十万叛军,浩浩荡荡直奔长安杀来。叛军一路势如破竹,潼关失守,长安无险可守,李隆基见大势不好,带上杨玉环、杨国忠等人,急急忙忙逃往四川。

　　到了马嵬驿,护驾的兵将一哄而起,杀死了不可一世的杨国忠。六军将士团团围住李隆基的住处,提出不杀死杨玉环,便不护驾前行。李隆基没办法,只好下令将杨玉环缢死。张象说得不错,杨家这座冰山,果然是靠不住的。

名人档案

　　唐玄宗(公元685—762年),名李隆基,又叫唐明皇,是唐睿宗李旦的第三个儿子。从公元712年到公元756年在位,他开创了唐朝的鼎盛时期,但从他开始唐朝也走上了下坡路,即从安史之乱开始,唐朝逐渐衰落下去。

回味一生的历史故事

欧阳修做诗

宋朝有个大文学家,名叫欧阳修,他文章写得好,诗也写得好。有个读书人,名叫吴成,平时喜欢吟诗作对。他听说欧阳修写的诗很出名,心里很不服气,就想去跟他比试比试。

吴成打点行装,去找欧阳修。走到半路,吴成看到路边有棵枯树,他就吟了两句诗:

门前一古树,两股大桠杈。

吴成吟了这两句,却再也想不出词儿来了。正巧,欧阳修从这儿路过,就替他续了两句:

春至苔为叶,冬来雪是花。

吴成回头一看,见是个老头儿,就说:"哟,看不出你这位老伙计也会做诗。我们一起去拜访欧阳修吧,看我跟他比个高低,你也长点见识!"

欧阳修笑笑,说:"好吧,我陪你走一趟!"

他们一同上了路,来到一条大河边。正巧,河岸边有一群鸭子跳进水里。吴成又作了两句诗:

一群好鸭婆,一同跳下河。

欧阳修用骆宾王的名句续了下去:

白毛浮绿水,红掌拨青波。

吴成听了,拍着手掌说:"好诗!好诗!"

两人跨上一条小船渡过河去。在船舱里,吴成忍不住又作了两句诗:

两人同登舟,去访欧阳修。

欧阳修听了,又帮他续了两句:

修已知道你,你却不知修(羞)。

名人档案

欧阳修(1007—1072年),北宋史学家、文学家。唐宋八大家之一。字永叔,号醉翁,晚号六一居士。吉州永丰(今属江西)人。欧阳修自称庐陵人,因为吉州原属庐陵郡。著有《欧阳文忠集》。

回味一生的历史故事

蜡烛少年

寇准是我国宋朝的一位宰相。他小时候最爱读书写字。他住的那个小房间，在夜深人静时，还常常亮着灯光。

一天夜里，妈妈一觉醒来，看到寇准屋里的灯还亮着，窗户上映出他读书的身影。妈妈心疼他，就爬起身，走进书房，劝他早点儿睡觉。寇准嘴里答应，身子却坐着不动。妈妈急啦，就将书桌上的蜡烛吹灭了。这下，寇准只好上床睡觉了。

第二天，妈妈把寇准书桌上的蜡烛全拿走，不让他晚上再读书。这下，寇准可急啦，没有蜡烛，没法看书啊。白白浪费一个晚上的时间，那多可惜呀！

寇准急得在屋里转来转去。忽然，他拍拍脑袋：有了，向他们讨去！

天黑了，寇准跑到仆人们住的屋里，伸出小手，可怜巴巴地说："请给我几支蜡烛吧！"

仆人们见他这副样子，觉得又好笑，又可爱，都争着把自己用的蜡烛送给他。

晚上，寇准在窗上挂一块黑布，挡住亮光，不让妈妈发觉。然后就在烛光下读书、练字，直到深夜。

为了晚上能读书,寇准天天向仆人们讨蜡烛,仆人们就喊他"蜡烛少年"。

名人档案

寇准(公元 961－1023 年),字平仲,华州下圭(今陕西渭南市)人,北宋政治家,太平兴国时进士。他历经 4 朝,为官近 40 年,清正廉洁,刚直不阿,颇具民族气节。

回味一生的历史故事

王安石变法

王安石是宋朝时候的改革家,他有一套富国强兵的主张。当时的皇帝叫宋神宗,才二十来岁,接位不久。他一心要让国家富强起来,听说王安石这人很有本领,就任命他为当朝宰相,开始变法。

王安石变法的内容可多哪,像青苗法、免役法、保甲法……这些新法,有的能发展农业生产,有的能发展文化教育,有的能加强兵力,对国家都有好处。可朝廷里有不少大臣不愿改变老办法,他们串通起来,反对变法,这下,弄得宋神宗也有点犹豫了。

有一天,宋神宗把王安石叫去,很紧张地说:"现在好多人在议论变法哩。说咱们的变法是不害怕天上的变化,不顾众人的议论,不遵守老祖宗的老规矩。真要是这样,不就是说,变法是反对天,反对众人,反对老祖宗了吗?"

王安石听了,笑道:"说这些话的人,明明是在反对变法啊。不过,他们也说出了几分道理呢。"

宋神宗问:"你这话是什么意思?"

王安石慢悠悠地说:"咱们的变法,只要合乎道理,就不怕别人议论,也不怕别人反对。至于说不遵守祖宗的老规矩,我看本来就是这么回事呀。"

宋神宗又问:"为什么这么说呢?"

王安石分析道:"你想想,咱们这个朝代的法规,前几位皇上都修改过好几次呀。如果说老祖宗的老规矩不能变,那老祖宗他们为什么还要改呢?"

宋神宗一听,笑了:"经你这么一说,我更觉得咱们的变法是对的啦!"

名人档案

王安石(1021—1086年),字介甫,号半山,临川(今江西省抚州市)人。宋神宗时宰相。创新法,改革旧政,是一个进步的政治家。文学上的主要成就在诗文方面。词作不多,但其特点是能够"一洗五代旧习",不受当时绮靡风气的影响。今传《临川集》等。

67

回味一生的历史故事

精忠报国

我国南宋时期有位著名的爱国将领叫岳飞。岳飞小时候，天下不太平。宋朝常受外族侵略，连宋朝的皇帝和皇帝的爸爸，都被外族捉去当了俘虏。

那时候，岳飞人虽小，志向可不小。不久，为了抵抗外族，他决心去从军。母亲问他："你为什么从军？"他说："为了杀退敌人，保卫国家！"母亲听了，连连点头。

一天晚上，母亲点了两支红蜡烛，供在祖先的牌位前。她对岳飞说："儿啊，你先来拜拜祖先吧！"

岳飞对祖先的牌位恭恭敬敬地拜了几拜，跪在那里。

母亲说："你愿报效国家，娘今天就在祖宗灵前，在你背上刺下'精忠报国'四个字，希望你牢记这个志向。"说罢，她拿起银针，在岳飞背上刺字。一针刺下去，岳飞背上的肌肉就疼得抽动了一下。母亲的心也被抽动了。她问："孩子，你疼吗？"

岳飞说："不疼！"

字刺完了，母亲又把岳飞领到门外，指着天上的北极星说："这就是北极星，娘小时候，老人们曾告诉我看，这北极星的方向始终不变。儿啊，你报国的志向也要永远不变啊！"

岳飞说："妈妈,我懂!"他把妈妈的话牢牢地记在心上。后来,他去从军,一直记着母亲的教导。他打仗机智英勇,立了不少功,被提升为将军,他所带领的军队叫"岳家军",就连敌人听到他的名字都害怕呢。

名人档案

岳飞(1103—1142),字鹏举,相州汤阴(今属河南)人。出身贫寒,20岁应募为"敢战士",身经百战,屡建奇功,是南宋初期的抗金名将。绍兴十年(1140年)统率岳家军大破金兵于郾城,进军朱仙镇,准备渡河收复中原失地。但朝廷执行投降政策,勒令其退兵。后被赵构、秦桧以"莫须有"的罪名杀害。

回味一生的历史故事

文天祥从小立壮志

文天祥是宋朝的大臣，也是历史上著名的民族英雄。

文天祥小时候就是个聪明伶俐的孩子。一个冬天的早晨，他指着窗外一片绿色的竹林，问他的父亲："天这么冷，竹叶怎么还是绿的呀？"

父亲感叹地说："是呀，竹叶有种坚强不屈的性格哩。做人要像它这样才行啊！"

文天祥听了，点点头，把父亲的话牢牢记在心里。

第二天，文天祥跟父亲进城去。他在城里一座古庙里，看到许多名人遗像。这些人，生前为国家，为家乡做了许多好事，死后受到人们的尊敬。当地人就把他们的像供在庙里，让后人们知道他们的事迹，学习他们的品质。

庙门外是个广场，广场上摆满了杂货摊，小吃店，还有耍猴儿的，唱小曲的……可热闹呢。有些孩子进城，就喜欢跟着大人，要吃这样，要买那样，只顾玩儿。文天祥呢，可不这样。他呆在庙里，仰着头，踮着脚尖，扒在石碑上，读着上面刻的文字，又恭恭敬敬地望着那一幅幅画像，自言自语地说："等我长大了，也要像他们这样，为国家做事，为百姓们出力，做一个顶天立地的大丈夫！"

70

瞧，文天祥从小就有雄心壮志啊。

名人档案

文天祥（1236—1283 年），初名云孙，字天祥，后改字宋瑞，又字履善，号文山。庐陵（今江西吉安县）人。南宋杰出的民族英雄和爱国诗人。

回味一生的历史故事

石童子

我国明朝嘉靖年间,常有一些外国来的海盗登上陆地,杀人抢东西。人们把这些海盗称作倭寇。有一天,几百个倭寇打进嘉定县,他们见人便杀,见房就烧。县官胆小,把城门关起来,坐着等死。城里有不少爱国志士和官兵一起,镇守四城,倭寇发动了几次进攻,都被杀退了。

当时,西门城内离城墙不远的地方,住了一户人家,夫妻俩有个十来岁的儿子。这孩子人小有胆量。这天夜里,远处忽然传来汪汪的狗叫声。这孩子很机警,一听就披了件衣裳,跑到门外去看。他看到城墙上露出一些竹竿。他知道这是敌人爬城的云梯,就一口气奔到城墙上,再一看。果然城下尽是偷袭的倭寇,在向城墙上爬。他大声呼喊:"贼兵来了,贼兵来啦!"

他一面跑一面喊,守城的兵士听到了,拿起大刀、弓箭,奋起抵抗。爬上城头的倭寇从背后射来一支冷箭,正好射在那孩子的腰部。他咬紧牙,一下就把箭头拔了出来,顿时,血像小泉似地往外喷。他忍着疼痛,在大街上边跑边高喊:"贼兵打西城啦,大家快起来杀贼呀!"

这声音像敲响的警钟,惊天动地,顿时喊声四起,全城的民众和士兵,奔向西城迎战,先爬上来的几个敌人,早已人头落地。大家用石头往城下扔,把倭寇打得连滚带爬地跌下云梯,有的脑壳砸扁了,有的腿被砸断了,箭法好的射手,把箭朝城下急雨般地射去,把凶恶的敌人打得狼狈而逃。

这时,西门内聚集了上万的群众,灯笼火把照红了半边天。忽然有人发现这个唤起全城民众杀敌的小孩,已英勇牺牲了。大家悲痛地把他埋葬了,人们为了永远纪念这个小英雄,就用石头雕了一个塑像,放在西门城上。后人就把这个塑像称为"石童子"。

名人档案

嘉靖皇帝本名朱厚熜,生于 1506 年,卒于 1566 年,1521年即位,在位 45 年。

回味一生的历史故事

"小·南强"与"大北胜"

相传五代十国时期，有一个国家叫南汉。其开国的君主名叫刘䶮。

当时南汉地处僻远，政治、经济、文化等各方面都比较落后，但是南汉王却自尊自大。他不仅傲于周围的邻国，而且对当时五代的后梁、后唐、后晋等国也毫不看在眼里。每每有北方人到南汉去的时候，他总是要盛夸一番岭南之强。

后周世宗（柴荣）时，曾派一位使者到岭南去交涉一项事情。当时，南汉一位负责接待的官员在岭南会见了后周的使者。他一见后周的使者，就先以一株茉莉花相赠。接着，他便滔滔不绝地夸耀起岭南之强了："茉莉花是玉蕊冰姿仙花。唐代的伟大诗人王右丞（王维）有诗赞道：'香严童子沉熏鼻，姑射仙人雪作肤。谁向天涯收落蕊，发君瘕色四时朱。'我们这里都把这种花叫做'小南强'。它正是我们国家的象征。"

后周的使者听了，只是笑而不语。那位南汉的官员越发觉得趾高气扬了。

宋太祖开宝四年，南汉被灭亡了。那位当年负责接待的官员被两手反绑着押解到洛阳。

真是无巧不成书。北宋负责管理降国事宜的正是当年那位后周的使者。这位使者见后周时运日衰，在陈桥兵变中，极力拥护赵匡胤黄袍加身，所以极为宋太祖所信任，这时已官至兵部侍郎。

侍郎一见被缚的南汉官员中有一个正是当年接待他的那位官员，便慢慢地走到他跟前说：

"你还认得我吗？"

那位官员也认出了侍郎，顿时羞愧满面，低低地说声："认得。"就把头又耷拉下了。

侍郎微微一笑说："你还记得吗？当年，你曾经赠给我一株茉莉花，向我夸耀过'小南强'。今天，我先让你到后园看看洛阳牡丹吧。"

说罢，侍郎领着那位官员来到后花园里。只见偌大一个花园，足有十几亩尽是牡丹。当时正值三月，那姚黄、魏紫、添色红、玉版白、九蕊真珠等各种牡丹名品，竞相开放。真是枝枝呈新巧，朵朵倾国艳。

那位官员一看，登时给惊呆了。他从来没有见过牡丹，更没有见过这么多、这么大、这么好的牡丹。

> 庭前芍药妖无格，池上芙蕖净少情。
> 唯有牡丹真国色，花开时节动京城。

侍郎吟完诗，又笑着对那位官员说："当年，你称茉莉花为'小南强'，那么这牡丹花可该怎么称呢？"

那位官员连连叩首说："这牡丹花嘛……"他沉思了一会儿，说："那就称它为'大北胜'吧。"

侍郎一听，十分高兴地说："大北胜！大北胜！太好了！这个名字太好了！"

他立即命人给那位官员松了绑，并恕他无罪。

回味一生的历史故事

从此,"大北胜"这个牡丹的别名便很快传开了。

名人档案

　　柴荣(公元 921 年—956 年),即周世宗,五代十国时后周皇帝。邢州龙冈(今河北邢台)人。后周太祖郭威的内侄和养子。柴荣善骑射,略通书史黄老。显德元年(公元 954 年),继郭威为帝,对政治、经济、军事加以整顿。

末代皇帝出宫

辛亥革命后，孙中山建立了中华民国，宣布永远废除封建帝制。清朝末代皇帝溥仪只好宣布让位。可是这个溥仪，虽然成了废帝，却照旧赖在紫禁城里。

张勋复辟的时候，他死灰复燃，还出来做了 12 天的皇帝。张勋复辟失败后，他照样在紫禁城里养尊处优。后来，冯玉祥将军带兵打进了北京城，见溥仪还高踞在从前的皇宫里，很不高兴。心想：民国都建立 13 年啦，你这个废帝怎么老赖在皇宫里，像话吗？他一气，就决定把溥仪驱出故宫去。于是，他叫来鹿钟麟干这件事。

鹿钟麟是北京警备总司令，一听说要驱溥仪出宫，马上举双手赞成。

不过，要赶皇帝出宫，可是一件大事。好在他手下有的是军警，他一吹哨子，警察就来了一大堆。鹿钟麟见他们一个个虎背熊腰，生龙活虎，胆就壮了，当即下令："跑步出发！"全北京城的警察差不多都出动了，里三层、外三层，把紫禁城围了个严严实实。

鹿钟麟走进故宫，抬头一看，见屋角上挂着几根电话线，心里可就起毛啦："这电话线通到洋鬼子的使馆里，今天我要进宫逐溥仪，他要是打电话向洋鬼子搬救兵,事情可就麻烦啦。于是,他立即下令:把电话线割断。

切断电讯后,鹿钟麟就带了一批军警直上金銮殿,一看,溥仪还未来坐朝。他一愣,才想起来,现在是民国啦,溥仪成了废帝,不坐朝啦!于是,就直奔溥仪的住处。

这会儿,溥仪正在他的寝宫里召开"御前"会议哩。原来,洋鬼子早就打电话告诉他,说冯玉祥要派兵进宫抓他。

溥仪一听,把耳机都扔了,赶紧召集王公旧臣开会,商议对策。他们商量来商量去,没个结果。有的说,先听消息再说;有的说,还是先到日本使馆避避风头;有的说,要是再出个"张辫帅"就好了,我们还可以温温皇帝梦。正当会议开得热闹时候,忽然传来一阵响亮的皮鞋声。

溥仪抬头一看,只见一队全副武装的军队从天而降,刺刀亮闪闪,分列门两旁,吓得他像一堆烂泥一样软瘫在龙床上。鹿钟麟上前,朗声宣布:"奉冯司令将令,即日驱逐废帝溥仪出宫!"

溥仪听了,傻了半晌,睁眼看时,认得是鹿钟麟,就说:"你不就是故相鹿传霖的后代吗?你祖宗世食清禄,怎么忍心干这样的事呐?"

鹿钟麟一听,心想不好,这溥仪在打心理仗呢,要跟他讲人情拉关系了,就说:"你这就错怪我啦!君主专制,人心丧失,张勋搞复辟,人人要揪罪魁祸首。如果我不来,别人也要来。我来,你还可以讲讲话,换了是别人的话,早就动粗啦!"

溥仪一想也是,就不吭声啦。鹿钟麟叫溥仪交出印玺,带领妻儿立即出宫。这对溥仪来说,好比是从天堂下到地狱,怎么肯呢?他倒在龙床上耍赖,横竖不起来。鹿钟麟左说右说,溥仪根本不听。

鹿钟麟急啦，就说："你再不起来，外面的将兵就打进来啦！那时候玉石俱焚，你到时候后悔就来不及了！"溥仪听了，微微有点吃惊。

鹿钟麟看在眼里，索性来个假戏真做，装模作样地掏出怀表看了看，故意大声对旁边的一个随从说："你快去告诉外边的弟兄们，约定的时间虽然到了，但事情还可以再商量商量，先不要开炮放火，再延长二十分钟。"说完又向随从挤挤眼。

这个随从一向很聪明，一听这话就会意了，立即跑来到外面，特地向天放了两枪。

溥仪是最怕死的人，一听见枪声，又听说如不答应出宫就要开炮放火，魂都吓散了，赶紧一骨碌爬起来，大叫："你赶快通知他们，千万别开炮放火，寡人同意出宫。"鹿钟麟说："那就好。"就又吩咐一个随从出去传令。

鹿钟麟问溥仪："你今后愿意当平民百姓呢，还是想当皇帝？"溥仪心想，当皇帝至高无上，自然快活啦，可眼前这局势，恐怕连性命也难保，还想当什么皇帝？赶紧说："当百姓，我愿意当百姓。"鹿钟麟说："那好，我们就保护你。"

于是，溥仪带了妻妾和两个太妃，在鹿钟麟的监护下，就这样离开了故宫，从此结束了他在紫禁城的皇帝生活，搬到北京后海甘水桥的旧醇王府邸居住。这一天是 1924 年 11 月 5 日。

过了不久，段祺瑞就任民国临时执政，下令解除对溥仪的监视，溥仪就同郑李胥、陈宝琛一起逃往东交民巷日本使馆，后又在日本人的保护下，逃往天津，住进了日本租界的大和旅馆，当日本人的傀儡去了。

79

回味一生的历史故事

名人档案

　　清逊帝,名爱新觉罗·溥仪(公元1906—1967年),在位时间(1908—1911年),道光皇帝曾孙,醇亲王载丰长子。光绪死后继位,是清朝和中国历史上的末代皇帝。中华人民共和国成立后,经过改造成为新人,患肾癌而死,终年62岁。火葬,骨灰安放于北京八宝山革命公墓。

刘秀和茗岭

相传当年王莽篡位当了皇帝后，残酷无道，横征暴敛，四方豪杰，奋起反抗。年富力强的刘秀，乘机聚集七八千人，揭竿起义。第一仗就打下了长聚，接着，又打下了湖阳、棘阳等地方。不料在攻打宛城途中，碰到了王莽的几十万大军，他们寡不敌众，大败而逃。王莽知道刘秀就在其中，紧随不放，最后，只剩刘秀单身一人，他靠着一匹好马，逢山过山，遇河渡河，逃到宜兴张渚时，战马也累死了，宝剑丢掉了。

当晚，他就在张渚镇的一座小桥底下睡了一夜。后人称这座桥叫"藏帝桥。"拂晓，刘秀又向高岭那里继续逃跑，他爬到一座高山半腰，肚里饿得咕咕叫，嘴里渴得直冒烟，转来转去想找口水渴，也找不到。他急得用脚狠狠一跺，仰天长叹道："有水就是茗岭！无水就是尽岭！"想不到就在他用力一跺地方，突然陷下去一个深坑，里面冒出了汩汩的山泉。后来，这座山就叫做"茗岭"。刘秀喝了这甜甜的泉水后，精神陡增，继续赶路。傍晚时，天气突变，大雪纷飞，见到前面山凹有座小庙，想进庙避避风雪，又怕雪上留下脚印，他就巧妙地转过身来，一步一步倒退进庙。

这时王莽的军队举着火把跟踪进山搜索，走到庙前一看，雪上的脚印是朝庙门外的，认为刘秀已逃出庙去，就继续追赶去了。后来，刘秀终于推翻新莽,恢复汉朝江山,成了历史上有名的中兴之主。

名人档案

　　刘秀(公元前6—57年),东汉王朝的开国皇帝。字文叔。庙号世祖,谥光武帝,公元25—57年在位。南阳蔡阳(今湖北枣阳西南)人,汉高祖刘邦九世孙,父钦曾任南顿令。

刘备挥剑斩狼石

相传当年刘备到京口(镇江)来成婚,哪晓得,他上北固山一看,婚还没成,倒吓昏了。原来北固山上到处都是持枪拿剑的军士,三步一岗,五步一哨,个个剑在握,刀出鞘,威风凛凛,杀气腾腾。相婿那一天,又冒出一个贾化,说是率领5百个刀斧手,埋伏在廊下,只等孙权杯子一摔,就要冲出来杀他。虽然吕范当着吴国太的面,横解释,竖解释,说不是贾化,而是一句假话。但是,贾化也好,假话也好,有那么多拿枪持剑的军士站在那里却是真的。

刘备看到这种场面,心里害怕,后悔不该到京口来。嘴上又不敢讲,只好肚子里生闷气。吃过饭,独个儿从甘露寺里跑出来,在院子里散散心。一边走,一边想,自己是人在京口,心在荆州,走又走不掉,怎么办?走呀走的,走到一银杏树旁,抬头一看,见树底下有一块狗不像狗、羊不像羊、驴不像驴、狼不像狼的石雕。这尊石雕着实硬咧!推不倒,砍不坏,搬不动,跌不碎。他想起来了,刚才酒席宴前,鲁肃曾经讲过后山有块奇特的石头,叫"四不像",莫非就是这个。他摸了摸腰中的佩剑,心里想:我不如拿这块石头试试看,如果一剑砍下,羊头落地,我就能回得荆州;砍不落羊头,我就死在京口了。他抽出宝剑,猛地一剑砍下,但见火星四迸,吱吱作响,咔嚓一声,羊头掉在地上,扑通扑通

回味一生的历史故事

的滚到江里去了。说也奇怪，石头又沉又重，照理说，掉到江里，一下子就沉下去了。但是羊头在水面上飘呀飘的，就是沉不下去，嘴张着，眼睛好像还在眨巴。

羊头掉下来了，刘备着实高兴，眉开眼笑，手舞足蹈。猛然觉得头上有人重重地拍了一下，他掉头一看，脸吓得煞白，魂都吓掉了。你晓得是哪个？是孙权。孙权怎么会到这里来的呢？原来孙权这人精明得很。他看见刘备一个人从大殿里出来，就晓得刘备有心事，不声不响地跟在后头，想看他究竟搞什么玩意儿。孙权看到刘备一剑砍掉石羊头，不由一惊，晓得刘备肚子里有气，便上前假惺惺地问："玄德公为什么这样恨石头呀？"刘备到底是个聪明人，转机转得快，马上接着说："子敬兄不是说这块石头硬嘛，我试了一下，也不过如此啊！"说罢，两个人哈哈大笑，就这一笑，把刘备肚子里的心事都遮盖过去了。

现在，这尊"四不像"还在北固山上，不过头又安上去了，据说是庙里的和尚后来从江里捞上来的。由于这种石头硬得很，因此名叫"狠石"；又因为刘备曾经把肚子里的恨气，一股脑儿都出在这块石头上，因此又叫"恨石。"

名人档案

　　汉昭烈帝刘备（公元 161—223 年），字玄德，涿郡（今河北涿州）人。三国时期蜀汉的建国者。

宋高宗与塑像人

看到苏州东山紫金庵的罗汉，人们总想知道这是谁塑的？说起来，这里面还有个传说呢。

相传从前有个人叫雷潮，出生在钱塘江畔一个泥瓦匠的家里。雷潮堕地时，正巧钱塘江涨潮，父亲就给儿子起了这个名字——雷潮。雷潮家隔壁住着沈氏，丈夫去世，仅留下一女，名叫玉娥。雷潮、玉娥两小无猜，青梅竹马，十分和睦。

雷潮的父亲手艺十分好，但是当时造屋梁上要绘彩画，砌灶灶龛里要塑灶神，可他不会，因而常常生气，老雷气愤之极，发誓要儿子学好塑绘之术，就带雷潮拜师学艺。雷潮专心用功，勤学苦练，不久就掌握了塑像的技术。塑一样，像一样；久而久之，练就了一套本领：要塑什么，只要让他看一眼马上就能塑出来，貌似神合，一点不走样。

一天他从沈氏家走过，看到玉娥坐在窗前织布，便想为玉娥塑个像。回到家他就动起手来，塑好后，就请沈氏和玉娥来看，她们看到这像都惊呆了：这像和玉娥一模一样，要是玉娥坐在像边，乍一看还真分辨不出真假来。玉娥也心灵手巧，一直慕恋雷潮的手艺。不久他们便结成了夫妻。

再说偏安江南的宋高宗，十分信崇佛教。

有一天他来到西湖边的"净慈寺",看到古寺荒废,佛像破残,便命令当家和尚道容修理殿宇,重塑佛像。道容受命,便请来工匠修得金碧辉煌,但是塑佛的匠还没请到。道容为这事急得茶饭无味,坐卧不安。这件事被雷潮父亲知道了,他就向道容推荐自己的儿子——雷潮。

第二天,雷潮来到净慈寺。道容当面考试,雷潮"造像经"应答如流。道容又让雷潮塑一个自己的像试试。雷潮花了几天时间,把道容像塑得活灵活现。道容看到后十分高兴,决定择吉日为佛开光,重塑十八罗汉。

雷潮夫妇来到净慈,聆听了佛家弟子修炼成罗汉的故事,细心揣摩着和尚们的各种活动。起早贪黑,心血凝聚在这堂罗汉上。雷潮注重神态,诸佛各现妙相,奕奕有神;玉娥细心装绘,衣褶花纹一丝不苟。几年过去,这堂罗汉终于塑好了。

道容又请来高宗,为寺院鼎新赐额。高宗驾临净慈寺,看到佛相生动,罗汉神情跌宕。又看到道容的像也塑在罗汉像里,这像的神貌和道容一模一样。高宗听说这像是雷潮塑的,就要雷潮为自己塑像。后来,雷潮回家,就塑了一尊高宗的骑马侧身像。

像被迎进宫里,高宗看了不大高兴。奸臣秦桧乘机参奏:"皇上应当立正面像,怎么为皇上塑侧像?

"分明是塑像的人不怀好意。"

高宗偏信秦桧,认为雷潮讽刺他"偏安江南半壁江山,朝政如走马不稳。"

于是下诏,要将雷潮传来斩首。幸亏雷潮得到消息携玉娥逃出临安,改名隐居,潜来东山,才免遭大祸。

后来,高宗去世,雷潮夫妇才又重操起塑像的技术。紫金庵罗汉像是

86

他们晚年尽毕生精力所塑的一堂。像成后雷潮就离开东洞庭山到无锡了。据说雷潮夫妇还是惠山泥人的鼻祖呢。

名人档案

宋高宗赵构(1107—1187 年),南宋第一代皇帝。1127—1162 年在位。年号先后为建炎、绍兴。字德基,宋徽宗赵佶第九子,宋钦宗赵桓之弟。

回味一生的历史故事

李世民钻鞭

相传唐朝初期,李世民平定了山西刘武周残部以后,又挥师洛阳,征讨郑王王世充,由于李世民宽厚待人,所以,他在洛阳附近一扎下营寨,就有不少英雄豪杰纷纷来投。

一天夜里,李世民想趁着月光,到秦岭一带去察看地形,刚出营门,便遇上一个大汉匆匆向他走来。这个人脸黑如炭,五大三粗,活像三国时的周仓再世。那大汉向李世民双手一拱,说道:"愿随秦王讨伐王世充!"李世民一看这位汉子铁塔似的身架,便有三分好感。心想:这人一定有些憨力气,便信口说道:"好吧,我的宝刀还没人扛哩!你就去干这个差使吧!"谁知道,黑大汉一听这话,双目圆睁,狠狠地瞪了李世民一眼,便气呼呼地扭头走啦!

李世民来到秦岭的周王陵附近,脚步还没站稳,就听东南方向一声大喊,只见从山谷里杀出一队人马,为首的正是王世充的大将单雄信。他手执丈八长槊,直向李世民刺来。李世民大吃一惊,慌忙拔刀迎战。他哪里是单雄信的对手,只几个回合,就听"当啷"一声,手中的大刀被打飞了!霎时间,单雄信的长槊便狠狠地向李世民的咽喉刺去。正在这千钧一发之际,炸雷似的一声大喊:"住手!"从岭上跳下一个黑大汉,猛地一拨,拨开了单雄信的长槊,又顺手一鞭,单雄信几乎被打落下马。单雄信大吃一惊，拨马便走，部下也一哄而散。

那大汉打跑了单雄信，二话没说，抽身便走了。惊魂未定的李世民，急忙上前拦住说："恩人舍命救我，请留下名讳，吾日后定当重报！"那大汉头也未回，冷冷说道："救你不死，是你命大，留我名姓何用？"李世民生怕放走了大汉，赶紧撂出招牌，他说："我是秦王李世民呀！恩人如此英雄，可愿和我一块儿打天下吗？"那大汉说："我就是知道你是李世民，才不跟随你呢！"李世民忙问："却是为何？"那大汉这才慢慢地扭过脸来，带着挖苦的口气说："怕你的大刀太重，我扛不动！"李世民一听这话，才忽然想起来！他上前再仔细一看，嗨！这个英雄不就是刚才前来投我的那位黑大汉吗？李世民又羞又愧，恨自己无慧眼不识贤才，差一点赶走一员虎将。

想到这里，他急忙上前赔情，再三请大汉骑自己的坐骑回营。那大汉余怒未消，猛地把钢鞭举起，盯着李世民说："你敢从我这鞭下钻过三趟，我就随你回营！"李世民看大汉把鞭举起，吃了一惊，继而又冷静下来，因为他求将心切，便说："只要你答应我，这钻鞭又有何难"说罢，躬身弯腰，从那大汉的鞭下钻了过去。

正要回头再钻第二次，那大汉急忙上前拦住了李世民。他想，秦王李世民宽厚待人，礼贤下士，果然名不虚传。便"扑通"一声跪倒在李世民跟前，感动地说："秦王！愧煞我了！在下尉迟敬德，为草莽之人，戏弄千岁，罪该万死！"李世民一听说是尉迟敬德，更是惊喜万状。他急忙上前将敬德搀起说："将军武艺非凡，大名如雷灌耳，我李世民有眼无珠，望将军见谅！"敬德忙说："千岁错爱！千岁错爱！"说完，二人携手进营去了。

从此，李世民钻鞭的故事，便在洛阳一带流传开了。现在，周王陵西北有条沟，叫遇驾沟，沟边有个村子，叫遇驾沟村，据说，沟名和村名都是由此而来。

名人档案

　　李世民，即唐太宗。公元 626—649 年在位。唐高祖李渊次子。18 岁时乘隋末农民大起义之机劝其父举兵反隋。李渊称帝，他任尚书令、右武侯大将军，进封秦王，并领兵镇压隋末农民起义军，削平割据势力。武德九年（公元 626 年）立为太子，继帝位。

周文王与蛟汤面

岐山臊子面又叫"蛟汤面",它的特点是只吃面不喝汤,把汤倒在锅里。吃第二碗面又将原来的汤舀在碗里。说起这种风俗习惯还有一段生动的故事。

相传西周时候,周文王和他的祖先就在岐山定居。那时,还是部落社会。有一次,周文王带领部族们出外打猎,当他行至渭河畔时,只见一条大蛟龙从水里腾空而起,张牙舞爪,遮天蔽日。有时卷起阵阵狂风,遍地飞沙走石,吹得墙倒屋塌,吹得牛羊杳无踪影。有时,掀起漫天乌云,大雨倾盆,河水泛滥,村舍淹没。万恶的蛟龙,夺去了许多人的性命。周文王和部族们早对这条吃人的大蛟龙恨之入骨。今天见它又出来作怪,不禁怒上心头,一个个剑拔弩张。这蛟龙在空中翻滚了三圈,张开盆一样的大口,又要行妖。说时迟那时快,周文王命令部族们,一齐扳弓射箭,霎时间空中响起了"锵锵"的箭鸣声。大蛟的两眼被射瞎,咽喉被斩断,挣扎了一会,从空中跌落下来。周文王走近一看,只见这条大蛟足有五丈多长,一千多斤重。部族们高兴地围着蛟龙唱了起来:"蛟龙作恶兮,伤害庶民,渭水泛滥兮,不得安宁,文王积德兮,为民除害,普天同庆兮,其乐无穷!"

据传,蛟龙的肉味道鲜美,人们吃了它的肉,可以驱恶除邪,延年益寿。周文王命部下把蛟龙抬了回去,剁成很小的肉块,做成臊子,放在几十口锅里,调成汤,所有的部族门将都将面条捞在碗里,周文王亲自掌勺舀汤,大家吃完面后,又将汤倒回锅里。这样,一万多人都尝到了蛟龙肉。从此,周王部落在岐山繁衍生息,力量特别强盛。

现在周公庙内还保存着一口很大的饭锅。据说,这就是当时吃臊子面遗留下来的。

名人档案

周文王姓姬名昌,生卒年不详。商纣时为西伯,建国于岐山之下,积善行仁,政化大行,因崇侯虎向纣王进谗言,而被囚于羑里,后得释归。益行仁政,天下诸侯多归从,子武王有天下后,追尊为文王。

咸丰皇帝当马褂

　　相传有一年夏天,咸丰皇帝出游。他带着长龙般的太监队伍到苏北阜城湖边乘凉,忽然听到宫墙外有人吆喝:"卖凉粉哟。解暑消热,清凉喷香……"。

　　咸丰一听这清脆的声音,心里就嘀咕:凉粉什么样?既能消热,我何不去受用一番?于是悄悄地换了件便衣,溜出便门,直朝那吆喝声走去。只见几个人正围在卖凉粉人前,津津有味地吃着。咸丰便凑上前去要了一碗。吃后,果然清心爽口,霎时热汗全消。咸丰一连吃了两碗,仍觉不足,正想再要一碗,见那卖凉粉的已在收拾碗筷,才知卖光了。无奈,只好转身回宫。

　　这时,那卖凉粉的一把拉住咸丰道:"爷吃了凉粉还没给钱哩!"咸丰心里十分奇怪:我是皇帝,吃东西从没人向我要过钱,今天怎么啦?于是问道:"还要钱吗?"那卖凉粉的笑道:"爷不要开玩笑了,天下哪有白吃不给钱的买卖?这又不是施舍的粥棚!"咸丰摸了摸身上,说:"今天出门太急,忘记带金子,明天多给点就是了。"那卖凉粉的喝道:"你们这帮富家子弟,只知骗吃要赖,我这小本经营怎经得起?如不给钱,随我面官去!"咸丰被那卖凉粉的拉拉扯扯,心想有人看见日后岂不叫人耻笑?想罢,将身上的马褂脱了下来,说道:"今天实在没带钱,以此衣暂作抵押,明日去内务府,拿这件衣服换300两白银吧。"那卖凉粉的见这马褂还值些银子,只好将信将疑地收下。

第二天,卖凉粉的来到内务府,递上马褂。那当官的一看,认得是皇上的衣裳,立即命人将卖凉粉的锁了,说是犯了欺君之罪。那卖凉粉的大吃一惊,大嚷大叫,把昨日卖凉粉的经过说了一遍。值日官将信将疑,一碗凉粉怎当得300两银子?只得禀报咸丰皇帝。咸丰哈哈大笑,说:"管他一碗凉粉几文钱,你给他300两就是了。"那官儿听后,回到内务府,令人取来300两,但只给卖凉粉的200两,卖凉粉的明知被吞了100两,也没有办法,只好走了。

后来,这件事轰动了全城。那卖凉粉的怕皇帝翻脸无情,性命难保,带着全家远走高飞了。

名人档案

清朝咸丰帝奕宁,道光十一年(1831年7月17日)生于北京圆明园。咸丰十一年(1861年8月22日)病故。在位11年。

崇祯问卦

相传明朝末年,李闯王举旗造反,从陕西打到中原,官军节节败退,搞得崇祯皇帝寝食不安。

这天晚上,虽然时令已近仲秋,崇祯由于心里烦躁,老觉得宫中闷热,就让太监领到庭院中。忽然,半空中传出"有、友、酉"三声怪叫,崇祯打了个寒战,仔细听听,又有声音。崇祯赶忙吩咐回宫。在回宫时似乎又听到"有、友、酉"的叫声,这一夜崇祯惊魂不定,没有合眼。

第二天早朝,崇祯登殿,向群臣说:"众位爱卿,昨夜,朕在宫廷纳凉,听到'有、友、酉'的叫声,是何吉凶?"

连问三遍,文武百官无人应声。崇祯无可奈何,叹了一口长气,留下丞相,宣布退朝。

丞相给崇祯出点子,说:"陛下,以臣之见,应微服出宫问卜,预筹对策。"

崇祯沉思了一会,点点头,让丞相走了。

一会崇祯换了行装,独自走出神武门。御街上人来人往,熙熙攘攘,好不热闹。崇祯就挤挤扒扒地钻进人丛。低头看:地上一方白布,上写"测字问卜,灵如神仙"八个黑字。白布堆着一堆卷儿,布后一矮人,鹤发童颜,红光满面,头戴道冠,身穿道袍,脚着芒鞋,端端正正地坐在蒲团上,闭目养神。崇祯一抬头,老道说:"急事问卜,不打支吾。"他拽着一堆纸卷儿又说:"一个纸卷一个字,诚则灵,你拈出一字来,贫道可以测出你急于询问的事,能知未来的吉凶祸福。"崇祯呆愣了一会,心想,这老道真有本事。你怎能知道我是急于测字问卜的呢?我得沉住气,不能叫他看出破绽来。好吧,试试看。崇祯微笑着说:"我是闲溜达,看热闹的。你叫我测字问卜也可以。只是我不拿你的字,我说出一个字来,你能断卦吗?"老道说:"诚则灵。你说出个字或写出个字,都可以断卦。"崇祯呶呶嘴:"我说个'有'字,是有没有的'有'字。"老道说:"你卜问何事呢?"崇祯说:"我不问私事,想问公事。"老道说:"问卜不论国中,御街厂卫众多,贫道不敢乱言妄说。"崇祯说:"我与你闲聊聊。"老道遂收起白布,陪同崇祯一齐走向煤山东坡一棵老槐树下,槐树枝叶繁茂如伞盖。他俩看看,身边没有人,就一同坐在老槐树下。

崇祯说:"有字断卦,我想问问大明朝江山社稷之事。"老道抱拳当胸说:"请让,我向当今皇帝谢罪!用有字断卦,这大明朝的江山已有失去一半了。你看:大字少一捺,明字去掉日,两个残字合在一起,不就是你说的那有没有的'有'字吗?"崇祯听了,心里吃了一惊!想斥责他吧,他已向当今皇帝谢过罪了。真丧气!3个字才测头一个,就像挨了一闷棍。反正是不到黄河不死心,接着又问:"我再说个朋友的'友'字,请你再断一卦。卦金我加倍奉上。"老道说:"你是问公事呢?还是问私事呢?"崇祯说:"民为贵,社稷次之,我想问黎民百姓对大明朝的印象怎样?"老道说:"'友'字是'反'字出头,黎民百姓反朝廷呀!"崇祯接着问:"那满朝文武又是什么样呢?"老道说:"江山社稷人臣分属各半,人民这一半反了,大臣那一半叛了。你看'反'字加'半'字不就是叛乱的'叛'字吗?"崇祯听了,心也凉了一半。又急忙问:"我最后说一个'酉'字，是申酉戌亥的'酉'字。我给你加倍卦金，请算算当今皇帝的吉凶祸福怎样？"老道扑通一声跪在地上，向崇祯端端正正地行了三拜九叩的大礼说："请万岁爷宽恕我直言不讳之罪！"崇祯心里想：这老道真有慧眼吗？我头上也没刻字，他怎能知我是圣上呢？随又一本正经地说："呃！这里是宫廷重地，你千万不能胡乱开玩笑啊！我要你按这个子午卯酉的'酉'字断卦。"老道说："按酉字断卦，是我皇万岁你在微服私访。万岁你如头戴王帽，脚穿朝靴——你看！这酉字上添两点，下加一寸，是个无上至尊的'尊'字。你不就是无上至尊的当今皇帝吗？"崇祯心领神会，但毫不客气地说："我是测字问卦人，不愿和你论尊卑——我要问的是当今皇帝的吉凶祸福？"老道说："既然不和我论尊卑，就应该宽恕我直言不讳之罪——以'酉'字断卦；当今皇帝将会平头失足，死无葬身之地。"崇祯不禁毛骨悚然，但仍强打精神说："按酉字断卦，说酉字是'尊'字，平头失足，可以理解；而死无葬身之地，则论证不详呀。"老道挥一下手说："你看，这煤山上下的绿树丛好像东洋大海。这槐荫伞盖，好像碧翠宫阙。当今皇帝乃真龙天子。他日龙归大海，兆应如此呀！"这时，有一驿马响着铜铃飞奔进神武门。崇祯一惊！忙问道："乱民叛臣，谁为首领呢？"老道说："此一时也，正应在驿马径直进入神武门；亡明者里（李）闯也。"崇祯皱皱眉头，冥思苦想地盼有一线希望地说："难道说大明朝的江山社稷国运气数已尽了吗？"老道沉思一会，拳拳手指，呶呶嘴唇说："'有、友、酉'三个字，共17划；大明朝从天国到如今已17世，当今皇帝从登基到如今正好是17年……唉！"

老道说罢，起身走了。

原来，这老道是李闯王的军师宋献策装的。从此崇祯心惊肉跳，惶惶不可终日。不久，李闯王率领百万义军打进北京。当天夜里，崇祯蓬头赤足,逃出神武门,来到煤山东坡。义军不见了皇帝,四处搜拿崇祯。崇祯走投无路,就在老槐树上吊死了。

名人档案

明代皇帝朱由检(1611—1644),即明思宗。于1627—1644年在位,共计在位17年,年号崇祯。崇祯皇帝是中国历史上第一位提出禁止烟草吸食的皇帝,曾因为有人违禁而遭到杀头之祸。

回味一生的历史故事

梁武帝愧写《河中之水歌》

在莫愁公园郁金堂的内壁上,嵌刻着梁武帝萧衍写的《河中之水歌》。堂堂一个帝王为了什么要给一个普通女子题诗呢?

相传莫愁是洛阳人。因为是秋天生的,取名秋女。她自小聪敏,采桑、养蚕、纺织,无一不会。她不但识几个字,还能写几句诗文,特别喜唱歌谣。她还跟父亲学了一手采药、治病的本领。

16岁那年,秋女随着父亲上山采药。不料老爹从山崖上滚下去,摔死了。秋女哭得死去活来。就在自己的名字下添了一"心"字,变成了愁女。

愁女正跪在地上哭得伤心,忽然呼得一声呼唤:"快快起来,你老爹的后事,由我承办。"这人就是来洛阳经商的建康客人卢员外,他一眼就看上了愁女。

卢员外家住长江边上的一座庄园里,当地人都叫它做卢家花园。卢员外就把愁女带回家中,给自己的儿子做了妻子。

愁女和丈夫婚后生活倒也恩恩爱爱。只是她经常思念父亲,思念故乡,愁眉苦脸。丈夫为了宽慰愁女,让她高兴,就在房里插上了许多郁金香,逗她说道:"你这个名字太不好了,让人听了苦巴巴的,不如在前边加上一个'莫'字,就叫'莫愁女'吧!"说得愁女笑了起来。

从此莫愁女这个名字，就叫开了。因为她最喜爱药草郁金香，常常给人看病，邻里们就把她的住房，叫做郁金堂。

卢员外原来是梁朝的将官，一天，梁武帝来到卢家花园找他商议军机。正说话间，梁武帝看见一个红衣少女，肩荷鹤嘴锄，身背采药篓。虽然一闪而过，梁武帝已被她惊人的美丽吸引住了，梁武帝问卢员外是什么人，卢员外就把洛阳收养的经过讲了出来。梁武帝说："原来还是个孝女。"他随口感叹了一番，就回宫去了。

哪里知道，梁武帝一见到莫愁女，就起了歹心。回宫以后，先把卢员外的儿子支开当兵，又找了个岔子，害死了卢员外。然后下旨选征莫愁女入宫。

这时候，莫愁女方才知道，丈夫当兵和公公被害，都是梁武帝玩的花招。心里想：好一个信佛的帝王，竟然干出这等伤天害理的狠事来！

第二天天一亮，莫愁女就来到长江边上，找到一只小船。她上了船，要远离建康，避开梁武帝的迫害。

她的小船，才划开几箭远，周围的乡亲父老都闻讯赶来，站在江边，大声呼唤："莫——愁——女——，你不能走！——我们不能离开你！……"

莫愁女站在船上，听到喊声，心如刀绞，然而，她又不能回来。她不由得狠狠跺一脚。这一脚跺重了，船摇晃起来，船歪歪倒倒、颠颠簸簸往前进几步，只见小船经过的地方生出一条圩埂，围成了一个湖。

这个湖刚围好，小船就翻了，莫愁女落水而死。人们为了纪念她，就把这个湖，叫做"莫愁湖。"

也有人说，莫愁女并没有死。她划着小船飞快地离开了。乡亲们都护着这位好姑娘莫愁女，报告梁武帝的时候，都说莫愁女跳江自杀了。梁武帝嘴上不说，心中有愧，就写了《河中之水歌》来为自己遮羞。

名人档案

梁武帝萧衍原是南朝齐雍州刺史，负责镇守襄阳。他趁齐朝内乱，起兵夺取帝位，建立了梁朝。他看到前面宋、齐两个朝代皇族内部互相残杀，引起内乱，从而导致亡国，所以对亲属十分宽容，即使有人犯了罪也不责罚。

回味一生的历史故事

隋炀帝火烧琼花树

琼花，五瓣，色黄，每八朵组合在一起，因而又称"聚八仙。"

"隋炀皇帝看琼花"，因此琼花出了名，人们也想到扬州看琼花，一饱眼福。其实隋炀皇帝杨广并没有看到琼花。

那年，杨广来到扬州，极尽寻欢作乐之能事。他有个怪脾气，喜欢夜游，却又不让点灯，而是要人捉了大量萤火虫，用丝绸包起来，叫人捧着萤囊作灯，引他登上观音山上的"迷楼"观赏琼花。偏偏琼花已被白天的一场风雨全部打落了，地上的残花也被人打扫干净。杨广看不到琼花，认为琼花"藐视圣驾"，一怒之下，即令众人放火烧了琼花树。

这座"迷楼"不久被秦王李世民改名"鉴楼"，意思是叫人莫学杨广，后来又索性把它烧了！

现在扬州大明寺里挂着一幅琼花图，上面有这样一首诗：

"萤苑迷楼已化烟，蕃百古迹尚依然，
琼花真相无人识，仿佛犹存聚八仙。"

就是说的隋炀帝没看到琼花。然而大明寺里却还有琼花树，每年"五一"节前后盛开，平时可以观赏和尚精制的标本，免得人人慕名而来，白跑一趟。

名人档案

隋炀帝杨广（公元 560—618 年），隋文帝杨坚的次子。荒淫奢侈，急功好利，残酷猜忌，远征高丽，开凿运河，赋役繁苛，终激乱败国。

康熙拈联用长老

　　相传康熙求才若渴，只要发现有才能的人，不管富贵贫贱，他都要不拘一格地量才择用。

　　一天，康熙听说有一位和尚很有才学，便请他来宫中下棋，连弈三盘输了。康熙对和尚说："朕欲赐长老御宴，只是时光尚早，不如拈联答对，凑趣助兴，以排解寂寞，不知长老意下如何？"

　　和尚起身叩谢道："谢圣上隆恩。贫僧斗胆，请赐上联。"

　　康熙想了想，说："山石岩下古木枯此木是柴"。

　　康熙出了上联，心想：我这上联嵌"岩""枯""柴"三字，而且文气连贯，下联要对得好，谈何容易？

　　不料和尚略一思索，随口而出："白水泉边女子好少女真妙"。

　　康熙一听这下联对得无懈可击，心中十分高兴。这时，御宴已经摆好，康熙指着桌边的两碟豆说："豆"。

　　和尚看到桌上放着的一瓯油，对道："油"。

　　康熙说："两碟豆"。

　　和尚对道："一瓯油"。

　　康熙想了想，又说："长老差矣。我所说的并非酒宴席上的豆，而是两只蝴蝶在花丛中戏斗。"

和尚从容对答："我主万岁！我所说的，也并非酒宴席的一瓯油，而是一只鸥鸟在池塘里戏游。"

康熙听了脸上露出笑容，亲自起身，高举金杯，感叹地说："长老才思敏捷，朕不如也！来，朕敬你三杯醇酒。"和尚推辞不过，只得喝下。

随后，康熙陪长老同桌进餐。席间两人论起汉赋、唐诗、宋词、元曲，各发高论，这顿宴席比往常晚结束了半个时辰。

自此以后，御前百官中便多了个和尚。

名人档案

康熙帝名玄烨，是顺治的第三子，生于顺治十一年（1654年5月4日）。清圣祖康熙皇帝玄烨，是18世纪前后中国出现的一位伟大的封建君主。是中国历史上在位时间最长的皇帝，在位61年。

回味一生的历史故事

回味一生的历史故事

曹操书衮雪

相传建安二十年七月，曹操于阳平关打败张鲁兄弟之后，曾在汉中停留五个多月，为战后洗尘赏景，游览了褒谷石门的大好风光。

这一天，风和日丽，天高气爽，微风轻吹，野花飘香。曹操带领文官武将侍从30多名，经花村，沿峡谷，乘舟溯河而上，直奔褒谷石门，在这里人们尽情地观赏了如锦似画的山水。只见上游流水，滚滚而来，一个巨浪扑向顽石，顿时银花四溅，如同雪花轻摇漫舞，好不壮观！

魏王完全被这种大自然的神奇造化所吸引，不由得心荡神驰，豪情满怀。心想：难怪当年的张良、郑子真都在此隐居，真乃天堂也，诗兴大发。曹操伫立船间，高亢昂扬，气势磅礴，要来文房四宝，狂挥巨笔书"衮雪"二字以喻之。

魏王挥书，文武争看。虽然早已看出"衮"字少了三点水，但各自猜测，面面相觑，默默无语。这时一侍从挤到前边，不知高低地问："丞相大人，字写的苍劲有力，别具一格，但……"

"说下去。"

"这字好像还缺……"

"缺什么？缺三点水是不是？"曹操说完，用手一指滚滚激流，"这不是水吗？"

在场的文官武将，这才如梦初醒，恍然大悟，不由得哈哈大笑。从这起，人们传成了一个有趣的故事，并编成了顺口溜："狂涛巨浪流石边，'衮'字旁边不用点。"

名人档案

高隐名士郑子真，郑子真名郑朴，祖居褒谷。甘恬秉默，教人则勉以敬天、事人之道。虽名震京师，然隐居不仕。常垂钓于褒谷口，世号"谷口先生"。清人有诗赞曰："汉代名流重子真，洁身却聘隐垂伦，风高不让严陵濑，褒谷鱼台似富春"。

107

《石头记》记石头

香山的老人爱说："《石头记》记石头。"为什么要这样说呢？

原来，在乾隆年间，曹雪芹在正白旗写《石头记》。而曹雪芹写的这本书，就是一块顽石的故事。书的开始说女娲补天剩下一块顽石，被丢弃在青埂峰下，后来身入红尘，历经悲欢离合，炎凉世态，一直写到顽石归天，全书结束。

在京西正白旗村西不远，就是樱桃沟。樱桃沟里横卧着一块大石头。这块石头南北长四丈，东西宽两丈，高有一丈，远远望去，好像一个大元宝，人们就叫它"元宝石"。

香山流传着几句顺口溜，说："元宝石，不值钱。石上松，木石缘。"这块元宝石，不是真的宝石，是假（贾）宝石（玉），所以它才不值钱。曹雪芹就是仔细观察了元宝石，觉得它好像通了灵性，才写出了贾宝玉的故事。这就是"记石头"。

在樱桃沟下边的河滩里，有一种黑石头，叫画眉石。这种石头有一种特性，你摸摸它，手也染不成黑色，沾点清水研一研，能够画出黑道道，再用水一冲，才能把黑道洗掉。所以过去皇宫里的嫔妃宫女和满族旗人妇女，就拿来描眉用，别处妇女也有用它染发的。

画眉石也叫"黛石"，黛石就是黛玉，曹雪芹用黛玉做他书里女主角的名字，写了她"质本洁来还洁去"的悲剧故事。这不又是"记石头"吗？

离元宝石不远，还有一块两丈多高的大青石，青石上孤零零地长着一棵一尺粗细的柏树，树根把山石撑开了一道缝，扎到石头底下一股山泉里。泉水常年浇灌着柏树，柏树好像生长在大青石上。老百姓管这桩奇景叫"石上松"。曹雪芹受了这石上松的启发，写出了贾宝玉和林黛玉的爱情故事——木石姻缘。这就是人们常说的"石上松，木石缘"。这又是在"记石头"了。

曹雪芹在什么地方写他的《石头记》呢？

有时候在正白旗村的家里写，有时候在峒峪村酒馆写，有时候甚至到村西边的山上写。在山上他最常去的地方，就是樱桃沟。他总是把笔墨纸张包在小包袱里，围在腰间，漫步到山涧里，登上元宝石。

这块大石头上面有一个凹坑，坑里又凸出来一块方石，好像桌面，曹雪芹就在这张"石桌"上写他的《石头记》。有时，他整天都在元宝石上写书，饿了就吃口干粮，渴了就喝口泉水。就这样，前前后后花了10年工夫，才把书写完了。

曹雪芹的《石头记》已经流传了200多年。每当人们在樱桃沟看到元宝石和石上松的时候，就会想到曹雪芹刻苦著书的情景，对这位大文学家怀着很深的敬意。

109

回味一生的历史故事

名人档案

曹雪芹(1715—1763年)，清代小说家。名霑(zhān)，字梦阮，号雪芹、芹圃、芹溪，先世本来是汉人，后来成为满洲正白旗"包衣"。曹雪芹一生恰值曹家由盛极而衰的时期。曹雪芹晚年移居北京西郊，生活更加贫困。1762年他的小儿子夭亡，曹雪芹悲痛欲绝，一病不起。1763年2月12日终因贫病无医而去世(也有说1764年去世)。

冯梦龙巧补《金瓶梅》

《金瓶梅》的出版历经了多少的艰难，历经了多少的曲折。

冯梦龙是苏州的一个著名才子，凡是能唱"挂枝儿"小调的，看过戏曲《双雄记》《万事足》的，都晓得苏州有个冯梦龙。凡是文人墨客，只要路过苏州，都去拜访冯梦龙。因为他名气大，所以，在湖北麻城成立"韵社"时，特地把他请去，推他做了"社兄"。

有一天，冯梦龙正在家里接待娄江的琵琶妇阿圆。阿圆唱着新听来的民间小曲，冯梦龙一旁作记录。忽然门外一声叫好，进来一个提着蓝布包袱的中年人。冯梦龙抬头一看，是沈德符。阿圆见有客来，就告辞了。沈德符一进门，便打开布包袱，让冯梦龙看一部书。冯梦龙一看，惊喜得叫起来，"啊！是《金瓶梅》！"

《金瓶梅》这部书，冯梦龙早就听说，只是无缘看到，今天沈德符把这部书带来了，真是喜从天降。他急忙一卷卷翻看起来，翻完了，两眼露出惋惜的神情，对沈德符说："沈兄，可惜残缺不全呀！缺了好多哪！"沈德符也默默地点了点头。

沈德符说，"我寻找这部书真不容易呀！足足找了三年时间，昨天方才得到。"于是，沈德符谈起了寻访这部书的经过。

三年前，沈德符读到袁宏道写的《觞政》，其中有赞美《金瓶梅》的话，便立即上北京拜访袁宏道，想饱饱眼福。谁知袁宏道却说，他自己也只读到一小半，再也找不到后边的一大半。这一小半，已经给谢肇淛借走了。沈德符再一打听，知道麻城刘承禧家有全本《金瓶梅》，说是从他的妻家姓王的名公那里抄来的。沈德符又到麻城，谁知刘承禧已经亡故，家中什物都被亲族分掉，《金瓶梅》也不知去向。沈德符只好回到苏州。谁知，昨天袁宏道的弟弟袁中道却托人把这部书捎来了，还附了一封信，信上说："《金》作誉满人间，惜已风飘叶落。弟奉家兄函嘱，聚得断简，恳兄再续韦编。"意思是说，请沈德符这位大文人，能把零碎章回贯穿起来，好补足一个全本《金瓶梅》。沈德符接到这部书一看，心想：只有冯梦龙才能肩此重任。便来拜访冯梦龙。

冯梦龙为使《金瓶梅》能流传下来，当然愿意做添补的工作，便一口应承了。恰在这时，阊门外的书坊的毛老板来找冯梦龙，要一部书去刻印，冯梦龙见毛老板来，正中下怀，便说："最近我这里得了一部'奇书'只是有些残缺，需要花些时日补缀，一定送到宝号付刻。"沈德符一听这话，连忙捧起包裹告辞，冯梦龙拦也拦不住，只好让他带着"天下第一奇书"——《金瓶梅》走了。

沈德符一走，冯梦龙没了主意，心想：《金瓶梅》如果不给书坊刻印，就会失传，多可惜呀！毛老板看冯梦龙在一边发呆，便追问说："冯兄所说的那部'奇书'，何日可以付我刻印？"冯梦龙说："君子一言，驷马难追。我迟早会给你的，请放心。不过，你不能催得过急。"

毛老板一走，冯梦龙便到浒墅关去拜访马伯良。马伯良是浒墅关的关官，能诗善文，与冯梦龙很知心。冯梦龙一进门，就作了一揖，说道："马兄，春风得意马蹄疾，蓝衫脱去换红袍。"马伯良知道冯梦龙无事不登三宝殿，也便爽快地说："冯兄，高官厚爵无才做，卑职贱役且谋生。冯兄此来，一定是有事遣小弟，小弟俯首受命。"冯梦龙见马伯良爽快，便说："有一部书，叫做《金瓶梅》，传来传去，没有人为它刻板，已经残缺，小弟想借来补足，好流传千古，不负著书人一世辛劳。"马伯良说："我这里可没有这部书呀，你找错门户了。"冯梦龙说："只有您才能弄到手，所以特来拜访。"于是，与马伯良如此这般地说了一遍。马伯良答应依计行事。

果真不出冯梦龙所料，沈德符雇了一艘船路过浒墅关，准备北上，把《金瓶梅》亲自交还袁中道。马伯良每天亲自守在浒墅关码头，终于等到了沈德符；便盛情请沈德符到衙署小叙，沈德符只好答应了。

席间，马伯良问沈德符北上情由，沈德符照实说了。马伯良一听说《金瓶梅》的书名，连称："好书，好书！"恳求沈德符道："如果沈兄不嫌小弟官卑职小，才疏学浅，仅让小弟饱三天眼福。兄长屈留小弟衙署三天，如何？"沈德符见马伯良诚恳，也就答应了。到了第三天，沈德符便问马伯良："此书您看佳与不佳？"马伯良只是说："佳、佳。"沈德符便说："此书虽佳，男女情欲描写得过分污秽，是一部诲淫的书，不宜广为传布。"马伯良也说："沈兄说的是。"沈德符又说："要是有人传播了这部书，将来阎罗王追究起来，是要下地狱、入油锅的。"马伯良一听，像腊月里迎头浇了一桶冰水，吃惊不小。

次日，马伯良送走沈德符之后，回到衙署，冯梦龙已经在等他了。

原来，马伯良接到《金瓶梅》便送进内厅，交给事先请来的抄写人，连夜赶抄，三天之间，已经全部抄成。——这就是冯梦龙的计谋。现在，冯梦龙来取书稿了，马伯良却不让冯梦龙把书稿带走，他还把沈德符说的一番话，重新说了一遍。这使冯梦龙非常失望。

天下无难事，只怕有心人。冯梦龙在马伯良处得不到《金瓶梅》的抄本，倒并不泄气。他把马伯良找去抄录《金瓶梅》的十来个人，一个个请了来，用盛宴款待，请他们回忆各自所抄录的内容，详细地笔录下来。那些人平时都很钦佩冯梦龙,表示愿意帮忙,只一个月工夫,纷纷交来了他们的回忆笔录。有的不懂山东方言,便夹带了许多吴语,有的人张冠李戴,把名字搞错了,把词曲遗漏了,还有的人,记不全了,就自己乱编;编不出的,就空在那里,说是残缺。冯梦龙不管好赖,统统收了下来。

冯梦龙面对这一部杂乱无章的书,要想整理它,不知从何着手。恰好这时,麻城有人请冯梦龙去讲学,冯梦龙早就听说麻城刘承禧家有《金瓶梅》全本,便欣然前往。他到了麻城,一边讲学,一边寻访《金瓶梅》下落。总算通过刘家亲族找到了一些残页,这真是不小的收获。回到苏州后,他把残页与抄写者回忆的笔录本对勘了几遍,才有了点眉目。原书叫作《金瓶梅传》。冯梦龙花了不到一年时间,对全书进行了加工整理;他从戏曲和别的小说中选一些情节加以改编,还加上许多自编的故事情节,填塞在缺漏的章回里,又添上万历年间流行的许多唱词小调。就这样,一部百回本的《金瓶梅词话》便在他的笔下完成了。

再说,沈德符到了京城之后,恰好袁宏道病重。沈德符便把《金瓶梅》郑重交还袁中道,袁中道送到他哥哥袁宏道面前时,他已经不能看书,书捏在手上便瞑目了。沈德符参加了袁宏道的丧礼后,回到苏州,这时已经是第二年了。他听人说,阊门毛氏书坊刻印了一部《金瓶梅词话》,轰动了苏州城,觉得奇怪,便请人买了一部来看看,越看越奇怪:怎么人物情节与袁中道的那本《金瓶梅》大同小异?他便立即去找冯梦龙。

冯梦龙说:"兄长既未刻印这部书,决不会下地狱的。补足《金瓶梅》的不过是苏州陋儒,文字拙劣,前后血脉也不贯通。可惜真本难传呀!"沈德符知道冯梦龙干了这件事,马伯良也料到冯梦龙有一手,但是都抓不住真凭实据。沈德符无奈，只得在《野获编》中交代《金瓶梅》的来历时，含糊其辞地说了些与冯梦龙有关的话。

名人档案

冯梦龙(1574－1646年)，字犹龙，又字耳犹，号龙子犹，又号墨憨斋主人，长洲(今江苏吴县)人，明朝末年著名的文学家、戏曲家。他文思敏锐，诗文藻丽，一生中除在福建寿宁县任过五年知县外，主要以著述为务。前后由他编写或改写的著作不下数十种，其中最为有名的是《喻世明言》《警世通言》和《醒世恒言》。

仿着《水浒》造《三国》

《水浒》与《三国》有关系吗？据说,《三国》是仿着《水浒》造出来的,这是怎么一回事?

张士诚的军师施耐庵,为了以文劝世,隐居到常熟河阳山东庆寺,写起《水浒传》来。罗贯中得知这一消息,觉得这个主意很有见地,也合自己心意,便前去投奔,拜施耐庵为师。

罗贯中先是帮着施耐庵抄写书稿,学习一段时间后,他也仿着《水浒传》写起了《三国演义》。他为什么要写《三国演义》呢?一来,他小时候最喜欢听"说三分",对三国的人物故事比较熟悉;二来,《水浒传》描写的主要人物宋江、吴用、武松、李逵等,可作为塑造刘备、诸葛亮、关羽、张飞等人的借鉴。但是,罗贯中写来写去总写不好,有些人物故事,他干脆从《水浒传》中移植过来。

一天,罗贯中写张飞怒杀定州太守元峤一家老小那节,考虑来考虑去,总下不了笔,于是,干脆模仿《水浒传》中"张都监血溅鸳鸯楼"一节,写了一段:

"张飞至天晚二更后,手提尖刀,即时出尉司衙,至州衙后,越墙而过,至后花园,见一妇人,张飞问妇人:'太守在哪里宿睡? 你若不道,我便杀你。'妇人战战兢兢地说:'太守在后堂内宿睡'。'你是太守甚

回味一生的历史故事

人？''我是太守拂床之人。'张飞道：'你引我后堂中去来。'妇人引张飞至后堂，张飞把妇人杀了，又把太守元峤杀了。有灯下夫人忙叫道：'杀人贼！'又把夫人杀了。"

由于是模仿写出来的，这些情节故事，跟《水浒传》太相像了，所以施耐庵花了很大功夫，指点罗贯中又一回一回地重新改写。罗贯中写完周瑜死、孔明丧之后，让曹操很容易地灭了吴、蜀两国，施耐庵看了不满意，要他再改得精彩些，罗贯中不同意改，他回答说：

"有国由来在得贤，莫言兴废是循环。武侯星落周瑜死，平蜀降吴只等闲"。

施耐庵一听，立即悟解，并深有同感，就没有坚持要他改。所以，至今人们说《三国演义》后半部平淡得很，可有谁知这正是罗贯中"劝世"的用心所在呢！

名人档案

罗贯中（1330—1400年），名本，字贯中，号湖海散人。元末明初著名小说家、戏曲家，是中国章回小说的鼻祖。